W0336518

REIHE WINKLER
MEISTERWERKE DER
WELTLITERATUR

Benjamin Constant

VORWORT

der zweiten Ausgabe
oder Versuch über die Eigenart
und die Moral des Werkes.

Weil der Erfolg dieses kleinen Buches eine zweite Ausgabe erforderlich macht, nutze ich die Gelegenheit, einige Bemerkungen über die Eigenart und die Moral dieser Erzählung hinzuzufügen, der die Aufmerksamkeit des Publikums einen Wert beimißt, den ich ihr nicht im entferntesten zuschreiben wollte.

Ich habe schon die Anspielungen zurückgewiesen, die eine boshafte Kritik, welche das Verdienst, scharfsinnig zu sein, für sich beansprucht, aufgrund absurder Vermutungen in der Erzählung hat finden wollen. Wenn ich wirklich zu solchen Auslegungen Anlaß gegeben hätte, wenn man in meinem Buch einen einzigen Satz finden könnte, der sie zu rechtfertigen vermöchte, dann würde ich selbst von mir sagen, daß ich scharfen Tadel verdiene.

Aber all diese angeblichen Beziehungen sind glücklicherweise zu vage und entbehren zu sehr der Wahrheit, als daß sie jemanden hätten beeindrucken können. Sie sind auch nicht in der guten Gesellschaft entstanden. Sie waren vielmehr das Werk jener Leute, die die Gesellschaft, da sie ihr nicht angehören, mit linkischer Neugier und verletzter Eitelkeit von außen beobachten und in einer Sphäre, die über ihnen liegt, Skandale zu entdecken oder hervorzurufen suchen.

Dieser Skandal gerät so schnell in Vergessenheit, daß ich vielleicht unrecht habe, hier davon zu sprechen. Aber er war für mich doch eine peinliche Überraschung, die das Bedürfnis zurückließ, nochmals zu wiederholen, daß keiner der Charaktere, die in *Adolphe* dargestellt sind, mit irgendeinem Menschen, den ich kenne, etwas zu tun hat, daß ich niemanden habe darstellen wollen, weder einen Freund noch jemanden, der mir ferne steht. Denn auch diesen gegenüber halte ich mich an die stillschweigende Übereinkunft der wechselseitigen Achtung und Diskretion gebunden, die die Grundlage der Gesellschaft ist.

Übrigens haben berühmtere Schriftsteller als ich dasselbe Schicksal erlitten. Man hat behauptet, daß Herr von Chateaubriand sich im *René* selber dargestellt habe; und die geistreichste Frau unseres Jahrhunderts, zugleich die vollkommenste, Mme de Staël, stand im Verdacht, nicht nur sich selbst in *Delphine* oder *Corinne* abgeschildert, sondern auch noch von einigen ihrer Bekannten strenge Porträts gezeichnet zu haben. Das sind unverdiente Beschuldigungen. Denn wahrlich, das Genie, welches *Corinne* schuf, brauchte die Hilfe der Boshaftigkeit nicht, und jede Perfidie gegenüber der Gesellschaft ist mit dem Charakter von Mme de Staël unvereinbar, dieser so edlen, in der Verfolgung so mutigen, in der Freundschaft so treuen und in der Aufopferung so großherzigen Frau.

Diese Besessenheit, in den Werken der Phantasie die Menschen wiederzuentdecken, denen man in der Gesellschaft begegnet, ist für diese Art Bücher eine wahre Geißel. Sie setzt sie herab, drängt sie in eine falsche Richtung, zerstört, was sie interessant macht, und vernichtet ihren Nutzen. Anspielungen in einem Roman zu suchen, bedeutet, schikanöse Nachreden der Natur vorzuziehen und den Klatsch an die Stelle der Beobachtung des menschlichen Herzens zu setzen.

Ich denke jedoch, so gestehe ich, daß man in *Adolphe*

ein nützlicheres und, wenn ich so sagen darf, ein edleres Ziel entdecken kann.

Ich habe nicht nur die Gefahr darstellen wollen, die in jenen ungeregelten Verbindungen liegen, in denen man gewöhnlich um so gefesselter ist, je freier man sich glaubt. Diese Darstellung hätte zwar ihren Nutzen gehabt, aber das war nicht mein Hauptziel.

Unabhängig von diesen festen Verbindungen, die die Gesellschaft toleriert und verdammt, liegt in der bloßen Gewohnheit, die Sprache der Liebe zu benutzen und bei sich oder in anderen flüchtige Regungen des Herzens entstehen zu lassen, eine Gefahr, die man bis jetzt nicht hinreichend gewürdigt hat. Man begibt sich auf einen Weg, dessen Ende man nicht absehen kann; weder weiß man, welche Gefühle man hervorrufen wird, noch welchen Empfindungen man sich selbst aussetzt. Leichtfertig teilt man verletzende Schläge aus, deren Stärke man ebensowenig abschätzen kann wie ihre Rückwirkung auf einen selbst; und die Wunde, die harmlos scheint, kann unheilbar sein.

Kokette Frauen können schon viel Unheil anrichten, obwohl die Männer – da sie stärker sind, da sie von ihren Gefühlen weitgehend durch ernsthafte Tätigkeiten abgelenkt werden und dazu bestimmt sind, ihrer Umgebung als Mittelpunkt zu dienen – nicht in gleichem Maße wie die Frauen die edle und gefährliche Fähigkeit haben, in einem anderen und für einen anderen zu leben. Aber um wieviel grausamer wird dieses Verhalten, das man auf den ersten Blick leichtfertig nennen könnte, wenn es sich gegen schwache Wesen richtet, die nur in ihrem Herzen wirklich leben, nur in der Liebe ein tieferes Interesse sehen, die keine Tätigkeit haben, die sie beschäftigt, keinen Beruf, der sie bestimmt, von Natur vertrauensvoll, aus entschuldbarer Eitelkeit leichtgläubig, im Innersten überzeugt, daß ihr einziger Lebenssinn darin besteht, sich ohne Rückhalt einem Beschützer zu überlassen, und die fortwährend dazu neigen, das Bedürfnis nach Anlehnung mit dem Bedürfnis nach Liebe zu verwechseln.

Ich spreche nicht von der praktischen Seite des Unglücks, das aus einmal geschlossenen, dann gelösten Verbindungen entsteht, vom Verlust der gesellschaftlichen Stellung, von der Strenge des öffentlichen Urteils und der Mißgunst dieser unbarmherzigen Gesellschaft, die sich anscheinend ein Vergnügen daraus macht, die Frauen über einen Abgrund zu stellen, um sie zu verurteilen, wenn sie stürzen. Das sind nur allzu gewöhnliche Leiden. Ich spreche von jenen Qualen des Herzens und dem schmerzlichen Erstaunen einer getäuschten Seele, von der Überraschung, mit der sie erfährt, daß aus der Verlassenheit ein Unrecht, aus den Opfern Verbrechen werden, sogar in den Augen dessen, der sie empfing. Ich spreche von dem Schrecken, der sie ergreift, wenn sie sich von dem verlassen sieht, der geschworen hat, sie zu beschützen, von dem Mißtrauen, welches einem unbegrenzten Vertrauen folgt und welches, da es sich gegen den Menschen richten muß, den man über alles stellte, sich auch gegen alles übrige in der Welt richtet. Ich spreche von dem Bedürfnis nach Wertschätzung, das, auf sich selbst zurückverwiesen, nicht mehr weiß, wohin es sich wenden soll.

Auch für die Männer ist es nicht einerlei, ob sie dieses Übel tun. Fast alle halten sich für schlechter, für leichtfertiger, als sie sind. Sie glauben, sie könnten leicht das Band lösen, das sie sorglos knüpften. Aus der Ferne scheint das Bild des Schmerzes unbestimmt und verwirrt, einer Wolke vergleichbar, die man mühelos durchschreitet. Eitle Selbstgefälligkeit, eine verderbliche Tradition, welche der Eitelkeit der jungen Generation die Korruption der alten Generation vererbt, eine Ironie, die trivial geworden ist, aber die den Geist durch pikante Wendungen verführt, so als ob die Formulierungen den Kern der Sache veränderten, mit einem Wort, alles, was sie hören, und alles, was sie sagen, scheint sie gegen die Tränen zu wappnen, die noch nicht fließen. Aber wenn dann die Tränen fließen, kehrt die Natur in ihre Herzen zurück, trotz der künstlichen Atmosphäre, mit der sie sich umgeben haben. Sie fühlen, daß ein Wesen, das leidet, weil es liebt, heilig ist. Sie fühlen, daß sich sogar in ihr Herz, welches sie unbeteiligt glaubten, die Wurzeln des Gefühls gesenkt haben, das sie einflößten; und wenn sie das zähmen wollen, was sie aus Gewohnheit Schwäche nennen, so müssen sie in das arme Herz hinabsteigen, sie müssen dort zerdrücken, was edel ist, zerbrechen, was treu wäre, und töten, was es an Gutem darin gibt. Das gelingt ihnen, doch treffen sie dabei einen Teil ihrer Seele tödlich, und nach dieser Mühe haben sie das Vertrauen getäuscht, der Sympathie getrotzt, die Schwäche ausgenutzt, die Moral beleidigt, da sie sie zur Entschuldigung ihrer Härte beiziehen, haben sie alle Worte entheiligt und alle Empfindungen mit Füßen getreten. So überleben sie den besseren Teil ihrer Natur und werden durch ihren Sieg verdorben, oder sie schämen sich des Sieges, wenn er sie nicht verderben konnte.

Einige Leute haben mich gefragt, was Adolphe hätte tun sollen, um weniger Leid zu erdulden und zu verursachen. Seine Lage und die von Ellénore waren ohne Ausweg, und genau das habe ich gewollt. Ich habe ihn geschildert, wie er sich quält, weil er Ellénore nur wenig liebte. Aber er wäre nicht weniger gequält gewesen, wenn er sie tiefer geliebt hätte. Er litt durch sie, weil er nichts für sie empfand; hätte er sie leidenschaftlich geliebt, hätte er ihretwegen gelitten. Mißbilligend und voll Verachtung hätte die Gesellschaft all ihr Gift über eine Neigung ausgegossen, die auch dadurch, daß sie sich in der Öffentlichkeit zeigt, noch keine Anerkennung findet. Man darf, um das Glück des Lebens nicht zu verscherzen, solche Verbindungen nicht eingehen: wenn man sich einmal auf diesem Weg befindet, hat man nur noch die Wahl unter den verschiedenen Arten des Leidens.

VORWORT
der dritten Ausgabe

Ich habe nicht ohne einiges Zögern dem Wiederabdruck dieses kleinen Werkes zugestimmt, das ich vor zehn Jahren veröffentlichte. Ohne fast gewiß zu sein, daß man in Belgien einen Nachdruck herauszubringen vorhabe und daß dieser Nachdruck, wie die meisten, die die belgischen Raubdrucker in Deutschland verbreiten oder nach Frankreich schicken, durch Zusätze und Einschübe, an denen ich keinen Anteil hätte, vermehrt wäre, hätte ich mich nicht mehr mit dieser Anekdote befaßt, da ich sie nur in der Absicht schrieb, einigen auf dem Land versammelten Freunden zu beweisen, daß es möglich sei, einem Roman, der sich auf zwei Personen in gleichbleibender Situation beschränkt, ein gewisses Interesse zu verleihen.

Nachdem ich einmal die Arbeit begonnen hatte, habe ich einige andere Gedanken entwickeln wollen, die mir gekommen sind und nicht ganz ohne Nutzen schienen. Ich habe die Pein darstellen wollen, welche selbst in gefühllosen Herzen die Leiden bewirken, die sie hervorrufen, und die Einbildung, die sie bestimmt, sich für leichtfertiger und korrumpierter zu halten, als sie es sind. Aus der Distanz scheint das Bild des Schmerzes, den man verursacht, vage und formlos, einer Wolke vergleichbar, die man leicht durchschreitet; man wird ermuntert durch die Zustimmung einer ganz und gar künstlichen Gesellschaft, die die moralischen Grundsätze durch Regeln und Gefühle durch Konventionen ersetzt und die den Skandal haßt, weil er unbequem ist, nicht weil er unmoralisch wäre, denn sie findet sich durchaus mit dem Laster ab, wenn kein Skandal es begleitet; man ist überzeugt, daß unüberlegt geschlossene Bande leicht zu lösen sind. Aber wenn man die Angst bemerkt, die aus der Zerstörung dieser Bande entsteht, dieses schmerzvolle Erstaunen einer getäuschten Seele, dieses Mißtrauen, das einem grenzenlosen Vertrauen folgt und das, da es sich gegen das einzige Wesen richten muß, das sich von der Welt abhebt, diese ganze Welt mit einschließt, dieses Bedürfnis nach Wertschätzung, das, auf sich selbst zurückgewiesen, nicht mehr weiß, worauf es sich richten soll – dann fühlt man, daß in dem Herzen, das leidet, weil es liebt, etwas Heiliges ist. Man entdeckt, wie tief die Wurzeln der Liebe reichen, die man nur zu wecken glaubte, ohne sie zu teilen: und wenn man das überwindet, was man Schwäche nennt, so zerstört man in sich selbst alles, was man an Großmut besitzt, zerreißt alles, was Treue bedeutet, opfert alles, was edel und gut ist. Man erhebt sich von diesem Sieg, dem gleichgültige Menschen und Freunde Beifall zollen, nachdem man einen Teil seiner Seele tödlich getroffen, der Sympathie getrotzt, die Schwäche mißbraucht, die Moral beleidigt hat, die man als Vorwand für seine Härte nimmt. Und man überlebt den besseren Teil seiner Natur, beschämt oder durch diesen traurigen Erfolg verdorben.

Das war das Bild, das ich in *Adolphe* habe schildern wollen. Ich weiß nicht, ob es mir gelungen ist; was mich immerhin veranlassen könnte zu glauben, daß ich die Wahrheit nicht ganz verfehlt, ist die Tatsache, daß fast alle diejenigen meiner Leser, die ich getroffen habe, von sich selbst behaupteten, in der gleichen Lage wie mein Held gewesen zu sein. Es ist allerdings richtig, daß durch das Bedauern, das sie über das von ihnen verursachte Leid an den Tag legten, eine gewisse eitle

Befriedigung hindurchschimmerte; sie gefielen sich darin, sich selber darzustellen, wie sie, Adolphe vergleichbar, von hartnäckiger Zuneigung, die sie zu inspirieren gewußt, verfolgt und Opfer einer grenzenlosen Liebe wurden, die man zu ihnen gefaßt hatte. Ich glaube, daß die meisten von ihnen sich selbst schlecht machten und daß, hätte ihre Eitelkeit sie nicht angestachelt, ihr Gewissen hätte beruhigt sein können.

Wie dem auch sei, alles, was *Adolphe* anbelangt, ist mir höchst gleichgültig geworden. Ich messe dem Roman keinen Wert bei, und ich wiederhole, daß ich nur einen einzigen Zweck verfolge, wenn ich diesen Roman vor einem Publikum neu erscheinen lasse, das ihn wahrscheinlich vergessen hat, wenn es ihn je kannte: nämlich klarzustellen, daß jede Ausgabe, die etwas anderes enthält als das, was in dieser steht, nicht von mir stammt und daß ich dafür auch nicht verantwortlich bin.

S. v. Perger del. Jos. Zutz sc.

ADOLPHE

Erzählung
aus den gefundenen Papieren
eines Unbekannten

VORBERICHT
des Herausgebers

Es sind bereits mehrere Jahre verflossen, seit ich Italien durchzog. Dort wurde ich in einem Gasthof zu Cerenza, einem kleinen Ort Kalabriens, aufgehalten, da der Neto über die Ufer getreten war; in demselben Gasthofe befand sich ein Fremder, den die nämliche Ursache dort zurückhielt. Er war sehr still und schien traurig, ohne doch Ungeduld zu verraten. Ich klagte manchmal gegen ihn als den einzigen, mit dem ich dort sprechen konnte, über die Verzögerung unserer Reise; er erwiderte: »Es ist mir gleich viel, bin ich hier oder anderswo.« Unser Wirt, der sich mit dem neapolitanischen Diener, der diesem Fremden, ohne seinen Namen zu kennen, folgte, in ein Gespräch eingelassen hatte, sagte mir, der Fremde reise keineswegs aus Neugierde; denn er besuche weder Ruinen noch die Umgegend, weder Denkmäler noch Menschen. Er las viel, doch nie zusammenhängend; er ging öfter des Abends spazieren, immer allein; oft brachte er ganze Tage sitzend zu, unbeweglich, den Kopf in beide Hände gestützt.

Gerade als die wiederhergestellte Verbindung der Straßen uns weiterzureisen erlaubt hätte, wurde dieser Fremde sehr krank. Die Menschlichkeit machte es mir zur Pflicht, meinen Aufenthalt zu verlängern, um ihn zu pflegen. Zu Cerenza war nur ein Dorfwundarzt; ich wollte nach Cosenza senden, wirksamere Hilfe herbeizuschaffen. »Es lohnt nicht der Mühe«, sagte der Fremde zu mir, »der Mann hier ist gerade der, den ich brauche.« Und er hatte recht, vielleicht mehr, als er dachte, denn der Mann stellte ihn her. »Ich glaubte Sie nicht so geschickt«, sagte er bei dessen Verabschiedung mit einer gewissen Verdrießlichkeit; dann dankte er mir für meine Bemühungen und reiste ab.

Mehrere Monate später erhielt ich zu Neapel einen Brief des Gastwirts von Cosenza, mit einem Kästchen, das man auf der Straße nach Strongoli gefunden hatte, welcher der Fremde und ich, wiewohl nicht in Gemeinschaft, gefolgt waren. Der Wirt, der es mir schickte, glaubte ganz gewiß, daß es einem von uns beiden gehöre. Es enthielt viele sehr alte Briefe ohne Aufschriften oder solche, in denen diese mit den Unterschriften ausgelöscht waren, das Bildnis einer Frau und ein Heft mit der Begebenheit oder der Geschichte, welche man lesen wird. Der Fremde, Eigentümer dieser Gegenstände, hatte mir, als er mich verließ, kein Mittel, ihm zu schreiben, eröffnet. Ich behielt sie zehn Jahre, ungewiß, welchen Gebrauch ich davon machen sollte, als ich diese Sache zufällig in einer deutschen Stadt gegenüber mehreren Personen erwähnte und mich eine derselben dringend bat, ihr die Handschrift anzuvertrauen, die in meinem Besitz war. Nach acht Tagen wurde mir nun diese Handschrift mit einem Brief wieder zurückgeschickt, den ich der Geschichte nachfolgen lasse, weil er unverständlich wäre, würde man ihn lesen, bevor man die Geschichte selbst kennte.

Dieser Brief hat mich zur Veröffentlichung der Erzählung bestimmt, da er mir die Gewißheit gab, daß sie niemanden beleidigen noch in Verlegenheit bringen könne. Ich habe nicht ein Wort verändert. Selbst die Unterdrückung der Eigennamen rührt nicht von mir her; sie waren, wie jetzt auch, nur mit den Anfangsbuchstaben bezeichnet.

ADOLPHE

Erstes Kapitel

Ich hatte soeben, in meinem zweiundzwanzigsten Jahr, meine Studien an der Universität zu Göttingen vollendet. – Mein Vater, Minister des Kurfürsten von ***, hatte die Absicht, mich durch die vorzüglichsten Länder Europas reisen zu lassen. Dann wollte er mich zu sich berufen, mich in das Ministerium, das seiner Leitung anvertraut war, einführen und mich so vorbereiten, daß ich einst seinen Platz einnehmen könnte. Ich hatte, bei einem Leben voller Zerstreuungen, durch ziemlich hartnäckige Anstrengungen Erfolge errungen, die mich von den Gefährten meiner Studien vorteilhaft unterschieden und die meinen Vater veranlaßten, vielleicht übertriebene Hoffnungen in mich zu setzen.

Diese Hoffnungen hatten ihn für manche Fehler, die ich beging, sehr nachsichtig gemacht. Er ließ mich nie ihre Folgen spüren. Er hatte in dieser Hinsicht immer meinen Bitten nachgegeben, war ihnen sogar manchmal zuvorgekommen.

Unglücklicherweise war sein Betragen eher edel und großmütig als liebevoll. Ich war von dem Gefühl durchdrungen, daß er ein Anrecht auf meine Dankbarkeit und Ehrfurcht habe; aber nie hatte unter uns irgendeine Vertraulichkeit bestanden. In seinem Wesen lag eine gewisse Ironie, die sich mit meinem Charakter schlecht vertrug. Ich verlangte damals nur, mich jenen ersten begeisternden Eindrücken hinzugeben, welche die Seele über die Gewöhnlichkeit des Lebens hinausheben und ihr Verachtung gegen alles einflößen, was sie umgibt. Ich fand in meinem Vater zwar keinen Tadler, doch einen kalten, beißenden Beobachter, der zunächst mitleidig zu lächeln pflegte und dann das Gespräch bald ungeduldig beendigte. Ich erinnere mich nicht, in den ersten achtzehn Jahren eine Unterhaltung von der Dauer einer Stunde mit ihm geführt zu haben. Seine Briefe waren liebevoll, voll verständiger und einfühlender Ratschläge; aber kaum waren wir einer in des andern Gegenwart, als sich in seinem Benehmen eine gewisse Gezwungenheit zeigte, die ich mir nicht erklären konnte und welche mich bedrückte. Ich wußte damals noch nicht, was Schüchternheit sei, dieses innere Leiden, das uns auch bis ins vorgerückteste Alter folgt, die tiefsten Gefühle in unser Herz zurückdrängt, unserem Ausdruck Kälte und allem, was wir zu sagen versuchen, etwas Unnatürliches gibt und uns nur unbestimmte Worte und eine mehr oder weniger bittere Ironie gestattet, als wollten wir uns an unseren eigenen Gefühlen gerade des Schmerzes wegen rächen, den wir darüber empfinden, daß wir sie nicht zu erkennen geben können. Ich wußte nicht, daß mein Vater selbst gegen seinen Sohn schüchtern war und daß er oft, wenn er lange auf ein Zeichen der Zuneigung gewartet hatte, das seine scheinbare Kälte mir zu untersagen schien, mich mit Tränen in den Augen verließ und sich gegen andere beklagte, daß ich ihn nicht liebe.

Der Zwang, den ich in seiner Gegenwart empfand, hatte auf meinen Charakter großen Einfluß. Ebenso schüchtern wie er, aber lebhafter, weil ich jünger war, gewöhnte ich mir an, alle Empfindungen in mir zu verschließen, Pläne nur für mich allein zu entwerfen, auf niemanden als nur auf mich selbst bei ihrer Ausführung zu zählen und den Rat, das Interesse, den Beistand, ja selbst die Gegenwart anderer wie eine Störung oder ein Hindernis zu betrachten. Ich nahm die Gewohnheit an, nie von dem, was mich beschäftigte, zu reden, mich dem gesellschaftlichen Gespräch nur wie einer lästigen Notwendigkeit zu unterwerfen, und wenn ich teilnahm, es fortwährend durch leichten Scherz zu beleben, wodurch es mir weniger ermüdend wurde und es mir auch leichter fiel, meine wahren Gedanken zu verbergen. Daher kam ein gewisser Mangel an Offenheit, den mir noch jetzt meine Freunde vorwerfen, und jene Schwierigkeit, mich ernsthaft ins Gespräch einzulassen, die ich immer nur mit Mühe überwinde. Hieraus entstand in mir zugleich eine brennende Begierde nach Unabhängigkeit, große Ungeduld gegen die Bindungen an meine Umgebung und ein unüberwindlicher Abscheu, neue zu knüpfen. Ich fühlte mich nur dann zufrieden, wenn ich ganz allein war; und so mächtig ist noch jetzt die Wirkung dieser Anlage meines Geistes, daß, wenn ich auch in den unbedeutendsten Dingen eine Wahl treffen soll, die Gegenwart der Menschen mich verwirrt und ein natürlicher Drang mich antreibt, sie zu fliehen, um mich in Ruhe meinen Überlegungen hinzugeben. Dennoch hatte ich keineswegs einen so tiefgehenden Egoismus, als ein solcher Charakter anzukündigen scheint: obwohl ich mich nur mit mir selbst befaßte, hatte ich doch an mir selbst nur geringes Interesse. Ich hatte in der Tiefe meines Herzens ein Bedürfnis nach Zuneigung, dessen ich mir zwar nicht bewußt wurde, das mich aber, da ich es nicht befriedigen konnte, nach und nach von allen Gegenständen, welche nacheinander meine Aufmerksamkeit auf sich zogen, wieder entfernte. Diese Gleichgültigkeit gegen alles ward noch durch die Vorstellung des Todes vermehrt, die mich, als ich noch sehr jung war, erschütterte; ich konnte nie begreifen, wie sich die Menschen so leichtsinnig über sie hinwegzusetzen vermochten. Ich hatte mit siebzehn Jahren eine alte Frau sterben sehen, die, von außergewöhnlichem und merkwürdigem Geist, kurz zuvor begonnen hatte, den meinen zu bilden. Diese Frau war, wie so viele andere, bei ihrem Eintritt in die Gesellschaft, die sie nicht kannte, derselben im Bewußtsein einer großen seelischen Kraft und wahrhaft hoher Fähigkeiten entgegengetreten. Wie so viele andere auch sah sie sich, weil sie sich den zwar erkünstelten, doch notwendigen Konventionen nicht fügen wollte, in ihren Erwartungen enttäuscht und ihre Jugend ohne Freude vorübergehen; und das Alter hatte sie endlich erreicht, ohne sie beugen zu können. Auf einem Schloß in der Nähe eines unserer Güter lebte sie unzufrieden und zurückgezogen, einzig auf ihren Geist angewiesen und alles seiner Prüfung unterwerfend. Während fast eines vollen Jahres hatten wir in unseren unerschöpflichen Gesprächen das Leben in allen seinen Gestalten betrachtet und, als Abschluß von allem, den Tod. Und nachdem ich so viel über den Tod mit ihr gesprochen hatte, sah ich, wie er sie vor meinen Augen hinwegraffte.

Dieses Ereignis hatte mich mit dem Gefühl der Ungewißheit unserer Bestimmung erfüllt und in ein leeres Hinbrüten versenkt, von dem ich mich nicht befreien konnte. Mit Vorliebe las ich in Werken der Dichter das, was an die Kürze des menschlichen Lebens erinnert. Ich fand, daß kein Ziel der Mühe irgendeiner Anstrengung wert sei. Sonderbar ist es, daß dieser Eindruck eben in dem Grade in mir schwächer wurde, als ich an Lebensjahren zunahm. Ist dies vielleicht deshalb so, weil in der Hoffnung immer etwas Ungewisses liegt und weil das Leben des Menschen, wenn ihm die Hoffnung schwindet, einen zwar ernsteren, doch der Wirklichkeit zugewandteren Charakter gewinnt? Sollte das Leben wirklicher scheinen, je mehr alle Illusionen aus ihm entschwinden, so wie sich der Gipfel der Felsen klarer am Horizont abzeichnet, wenn sich die Wolken zerstreuen?

Ich verließ Göttingen und begab mich in die kleine Stadt D***. Diese Stadt war die Residenz eines Fürsten, der, wie die meisten Deutschlands, ein Gebiet von geringer Ausdehnung mit Milde beherrschte, aufgeklärte Männer, die sich dort niederließen, in seinen Schutz nahm, allen Meinungen vollkommene Freiheit gönnte, der aber, durch altes Herkommen auf die Gesellschaft seiner Hofleute beschränkt, um sich nur zumeist unbedeutende, mittelmäßige Menschen versammelt hatte. Ich ward an diesem Hofe mit der Neugierde aufgenommen, die naturgemäß jeder Fremde erregt, der den Kreis der Eintönigkeit und Etikette unterbricht. Einige Monate hindurch sah ich nichts, was meine Aufmerksamkeit hätte fesseln können. Ich war für das Entgegenkommen, das ich erfuhr, dankbar; allein teils hinderte mich meine Schüchternheit, davon Gebrauch zu machen, teils ließ die Ermüdung, die eine ziellose Tätigkeit hervorbringen mußte, mich die Einsamkeit jenen geschmacklosen Vergnügungen vorziehen, an denen man mich teilzunehmen einlud. Haß fühlte ich gegen niemanden, doch nur wenige Menschen erregten mein Interesse. Die Menschen fühlen sich jedoch durch Gleichgültigkeit beleidigt; sie schreiben sie üblem Willen oder der Ziererei zu und wollen es nicht für natürlich halten, daß man in ihrer Gesellschaft Langeweile empfinde. Ich suchte diese manchmal zu bezwingen und flüchtete mich in tiefes Stillschweigen, man hielt dieses Schweigen aber für Verachtung. Andere Male, des Schweigens überdrüssig, überließ ich mich dem Spott, und mein Geist, einmal in Bewegung, riß mich über Ziel und Grenze hinaus. Ich deckte an einem einzigen Tage alle Lächerlichkeiten auf, die ich einen Monat hindurch beobachtet hatte. Die Vertrauten meiner plötzlichen und unbeabsichtigten Ergießungen wußten mir dafür keinen Dank, und sie hatten recht; denn es war nur das Bedürfnis zu sprechen, nicht aber Zutrauen, dem ich mich hingab. Ich hatte in den Gesprächen mit jener Frau, die zuerst meinen Gedanken Entwicklung gab, eine unüberwindliche Abneigung gegen allgemeine Grundsätze und dogmatische Formeln gewonnen. Wenn ich nun die Mittelmäßigkeit mit Wohlgefallen über anerkannte Grundsätze sich verbreiten hörte, unbestritten in Hinsicht auf Moral, Konvenienz oder Religion, Dinge, die sie so gern auf dieselbe Stufe stellt, so fühlte ich mich zum Widerspruch angetrieben, nicht als wäre ich der entgegengesetzten Meinung gewesen, sondern weil mich eine so feste und so schwerfällige Überzeugung ungeduldig machte. Ich weiß übrigens nicht, welcher Instinkt mich lehrte, diesen allgemeinen, angeblich unwiderleglichen Grundsätzen, die keine Einschränkung und keine Abstufung vertragen wollen, zu mißtrauen. Toren machen aus ihrer Moral eine kompakte, unteilbare Masse, damit sie sich um so weniger in ihre Handlungen menge und sie in jeder besonderen Anwendung desto freier lasse.

Durch ein solches Betragen erwarb ich mir bald den Ruf der Leichtfertigkeit, der Spottsucht und der Bösartigkeit. Meine beißenden Bemerkungen wurden als Beweise einer haßerfüllten Seele, meine Spötteleien als Angriffe gegen alles Ehrfurchtgebietende betrachtet. Jene, über die ich mich bedauerlicherweise lustig gemacht hatte, fanden es bequem, sich die Grundsätze zu eigen zu machen, die in Zweifel zu ziehen sie mich anklagten. Weil ich sie, ohne es zu wollen, einen auf Unkosten des andern zum Lachen gebracht hatte, so vereinigten sie sich alle gegen mich. Man hätte meinen können, daß ich, indem ich ihre Lächerlichkeiten aufdeckte, eine vertrauliche Mitteilung, die sie mir gemacht hatten, verriet; man hätte meinen können, daß sie, indem sie sich meinen Blicken so zeigten, wie sie waren, von meiner Seite das Versprechen der Verschwiegenheit erhalten hätten. Ich war mir nicht bewußt, einen solchen viel zu lästigen Vertrag eingegangen zu sein. Sie hatten Vergnügen daran gefunden, sich keinen Zwang anzutun, ich das meine, sie zu beobachten und zu beschreiben; was sie Treulosigkeit nannten, schien mir selbst eine ganz unschuldige und durchaus berechtigte Entschädigung.

Ich will mich hier nicht rechtfertigen; ich habe vielmehr seit langem dieser leeren und bequemen Gewohnheit unerfahrener Menschen entsagt. Ich will nur einfach sagen, und zwar mehr für andere als für mich, da ich nun von der Gesellschaft unbehelligt lebe, daß es Zeit braucht, um sich an die Menschen zu gewöhnen, so wie Eigennutz, Ziererei, Eitelkeit und Furcht sie bildeten. Das Staunen der frühen Jugend beim Anblick einer so erkünstelten und durchtriebenen Gesellschaft ist eher ein Zeichen für ein natürliches Herz als für eine bösartige Gesinnung. Die Gesellschaft selbst hat übrigens nichts davon zu befürchten; sie drückt so schwer auf uns, und ihr dumpfer Einfluß wirkt so mächtig, daß sie uns sehr bald nach der allgemeinen Form ummodelt. Wir staunen dann nur noch über unsere ehemalige Verwunderung, und wir finden uns in unserer neuen Gestalt recht bequem, wie man in einem überfüllten Theater endlich doch freier atmet, während man nur mit Mühe Atem holen konnte, als man es betrat.

Entgehen aber einige diesem allgemeinen Schicksal, so verschließen sie ihre heimliche Mißbilligung in sich.

In den meisten Lächerlichkeiten erblicken sie den Keim des Lasters; doch sie spotten darüber nicht mehr, weil Verachtung an die Stelle des Spottes tritt, und die Verachtung ist stumm.

Es verbreitete sich also in der mich umgebenden kleinen Welt eine unbestimmte Unruhe über meinen Charakter. Man konnte mir keine verwerfliche Handlung vorwerfen; man konnte mir sogar einige Taten nicht abstreiten, die Großmut und aufopfernde Hingabe zu verraten schienen; denoch sagte man, ich sei ein Mensch ohne Moral, ein Mensch, auf den man sich nicht verlassen könne; zwei Benennungen, die glücklich dazu erfunden sind, um auf Dinge hinzudeuten, von denen man nichts weiß, und um das ahnen zu lassen, was uns selbst unbekannt blieb.

Zweites Kapitel

Zerstreut, unaufmerksam, gelangweilt, bemerkte ich den Eindruck, den ich machte, nicht, und ich teilte meine Zeit zwischen meinen Studien, die ich oft unterbrach, zwischen Projekten, die ich nicht ausführte, und Vergnügungen, die mir wenig Teilnahme abgewannen, als eine anfangs unbedeutend scheinende Begebenheit eine große Veränderung meiner Stimmung bewirkte.

Ein junger Mensch, mit dem ich ziemlich eng befreundet war, suchte seit einigen Monaten einer Frau zu gefallen, die noch zu den erträglichsten der Gesellschaft gehörte, in der wir lebten. Ich war der ganz uneigennützige Vertraute seiner Unternehmung. Nach langen Anstrengungen gelang es ihm, ihre Liebe zu gewinnen, und da er mir sein Mißgeschick und seine Leiden nicht verborgen hatte, hielt er sich auch verpflichtet, mir seine Fortschritte mitzuteilen. Nichts war dem Ausbruch und dem Übermaß seiner Freude vergleichbar. Das Schauspiel eines so hohen Glücks ließ mich bedauern, es selbst noch nicht gekostet zu haben. Ich war bis dahin noch mit keiner Frau eine Beziehung eingegangen, die meiner Eigenliebe hätte schmeicheln können; jetzt schien sich eine neue Zukunft vor meinen Augen zu entschleiern, und in der Tiefe meines Herzens begann sich ein neues Bedürfnis zu regen. In diesem Bedürfnis lag zwar gewiß viel Eitelkeit; aber nicht Eitelkeit allein, im Gegenteil, vielleicht weniger, als ich selbst vermutete. Die Empfindungen der Menschen sind verworren und gemischt; sie sind aus einer Menge wechselnder Eindrücke zusammengesetzt, die der Beobachtung entgehen; die Sprache aber, immer viel zu grob und zu allgemein, vermag es wohl, sie anzudeuten, wird sie aber nie klar bezeichnen können.

Ich hatte in dem Hause meines Vaters, was die Frauen betrifft, ziemlich unsittliche Grundsätze angenommen. Mein Vater, der zwar den äußeren Anstand jederzeit streng befolgte, erlaubte sich dennoch über Liebesverbindungen sehr oft freie Äußerungen. Er betrachtete sie als wenn nicht erlaubte, so doch zu entschuldigende Vergnügen und urteilte nur über die Ehe nach ernsthaften Gesichtspunkten. Er hatte den Grundsatz, ein junger Mann müsse sich sehr vor dem hüten, was man eine Torheit nennt, nämlich eine dauernde Verbindung mit einer Person einzugehen, die nicht, was Vermögensumstände, Geburt und andere äußere Vorzüge betreffe, ihm ganz gleich sei. Sonst, meinte er, wenn es sich nicht um Heirat handele, könne man alle Frauen ohne große Umstände erobern und wieder verlassen; und ich hatte ihn durchaus beifällig über die Parodie eines bekannten Ausspruches lächeln sehen: »Dies bereitet ihnen so wenig Schmerz, uns aber so viel Vergnügen.«

Man ist sich nicht genug bewußt, welch tiefen Eindruck Äußerungen dieser Art auf die frühe Jugend machen und wie sehr in einem Alter, wo unsere Meinungen noch zweifelhaft und schwankend sind, die Kinder staunen, wenn Scherze, denen alle Welt Beifall schenkt, den genauen Vorschriften widersprechen, die man ihnen gab. Diese Vorschriften sind dann in ihren Augen nur noch banale Formeln, die ihnen die Eltern übereinstimmend wiederholen, um ihre Gewissen zu beruhigen; jene leichten Scherze aber scheinen ihnen das wahre Geheimnis des Lebens einzuschließen.

Ich will geliebt sein! sagte ich mir, von undeutlichen Gemütsbewegungen gequält; ich blickte mich suchend um, doch sah ich keine Person, die mir Liebe einflößen konnte, keine, die mir für Liebe empfänglich schien; ich befragte mein Herz, meine Neigungen und fand mich zu niemandem hingezogen. So quälte ich mich innerlich, als ich mit dem Grafen von P*** bekannt wurde, einem Mann von vierzig Jahren, dessen Familie mit der meinigen verschwägert war. Er schlug mir vor, ihn zu besuchen. Unglücklicher Besuch! Er hatte seine Geliebte bei sich, eine Polin, berühmt durch ihre Schönheit, obgleich sie nicht mehr ganz jung war. Diese Frau hatte, ungeachtet ihrer ungünstigen Stellung in der Gesellschaft, bei mehreren Gelegenheiten einen vornehmen Charakter bewiesen. Ihre Familie, in Polen bekannt und angesehen, war durch die Unruhen in jenem Land ins Verderben geraten. Ihr Vater wurde des Landes verwiesen; ihre Mutter hatte in Frankreich Zuflucht gesucht, hatte ihre Tochter mitgenommen und sie bei ihrem Tode in gänzlicher Verlassenheit zurückgelassen. Der Graf von P*** wurde zu ihr in Liebe hingezogen. Mir blieb die Art, wie sich diese

Verbindung knüpfte, die, als ich Ellénore kennenlernte, schon seit langem bestand und sozusagen geheiligt war, immer ein Geheimnis. Hatte sie das Unglück ihrer Lage oder die Unerfahrenheit ihres Alters in eine Situation gebracht, der ihre Erziehung, ihre Gewohnheiten und ihr Stolz, der ein bedeutender Zug ihres Charakters war, gleich stark widersprachen? Was ich weiß und was alle Welt wußte, ist daß, als das Vermögen des Grafen von P*** beinahe vernichtet und seine Freiheit bedroht war, Ellénore ihm so große Beweise der Zuneigung gegeben, die glänzendsten Anträge mit solcher Verachtung zurückgewiesen, seine Gefahren wie seine Armut mit solchem Eifer, sogar mit solcher Freude geteilt hatte, daß auch die gewissenhafteste Strenge der Reinheit ihrer Absichten und der Uneigennützigkeit ihres Betragens Gerechtigkeit widerfahren lassen mußte. Ihrer Tatkraft, ihrem Mut, ihrem Verstand, den Aufopferungen aller Art, die sie ohne zu klagen ertrug, verdankte ihr Geliebter, einen Teil seiner Güter wiedererlangt zu haben. Sie hatten nun in D*** ihren Wohnort genommen, um dort einen Prozeß zu führen, der dem Grafen von P*** seinen alten Wohlstand zurückgeben konnte, und sie rechneten damit, etwa zwei Jahre dort zu bleiben.

Ellénore war von eher durchschnittlicher Intelligenz, aber ihre Ideen waren von großer Richtigkeit, ihre Art, sich auszudrücken, war immer einfach, bestach jedoch oft durch das Edle und Erhabene ihrer Empfindungen. Sie hatte viele Vorurteile, alle aber standen gerade im Gegensatz zu ihrem Interesse. Sie legte größten Wert auf die Schicklichkeit des Betragens, vermutlich, weil das ihrige, nach den Begriffen der Konvention, nicht schicklich war; sie war sehr religiös, weil die Religion streng ihre Lebensweise verdammte. Im gesellschaftlichen Gespräch wies sie alles, was anderen Frauen nur als ein unschuldiger Scherz erschienen wäre, streng zurück, weil sie immer befürchtete, man möchte sich wegen ihrer Stellung berechtigt glauben, deplazierte Reden an sie zu richten. Sie hätte gern nur Männer vom höchsten Range und durchaus untadeligen Sitten empfangen, weil die Frauen, denen sie verglichen zu werden zitterte, sich gewöhnlich mit gemischter Gesellschaft umgeben und, da sie sich mit dem Verlust ihrer Achtung abgefunden haben, in ihren Beziehungen nur das Vergnügen suchen. Mit einem Wort, Ellénore kämpfte beständig mit ihrem Schicksal. Sie protestierte sozusagen durch jede ihrer Handlungen, durch jedes ihrer Worte gegen die Klasse, in die sie sich eingeordnet fand; und da sie fühlte, daß die Wirklichkeit stärker war als sie und daß alle ihre Anstrengungen nichts an ihrer Lage änderten, war sie sehr unglücklich. Zwei Kinder, die sie vom Grafen von P*** hatte, erzog sie mit übergroßer Strenge. Man hätte manchmal sagen mögen, daß eine verborgene Empörung des Gefühls sich zu jener mehr leidenschaftlichen als zärtlichen Anhänglichkeit gesellte, die sie ihnen bezeigte, und sie ihr in gewisser Art lästig machte. Wenn man ihr in bester Absicht einige Bemerkungen über diese Kinder machte, wie sie heranwüchsen, über die Talente, die sie zu zeigen versprächen, oder welchen Lebensweg sie künftig einschlagen sollten, so sah man sie vor dem Gedanken erbleichen, daß sie ihnen eines Tags ihre Abkunft würde gestehen müssen. Aber die kleinste Gefahr, eine Stunde nur der Abwesenheit, führte sie zu ihnen mit einer Ängstlichkeit zurück, aus der eine Art Gewissensvorwurf und die Sehnsucht hervorblickte, ihnen durch ihre Liebkosungen das Glück zu geben, das sie selbst darin nicht finden konnte. Dieser Widerspruch zwischen ihren Empfindungen und der Stellung, die sie in der Gesellschaft einnahm, hatten sie sehr ungleicher Laune gemacht. Oft war sie träumerisch und still, manchmal sprach sie mit Heftigkeit. Da sie immer, auch während der allgemeinsten Unterhaltung, von einem bestimmten Gedanken gequält wurde, blieb sie nie vollkommen ruhig. Aber eben dadurch kam in ihr Betragen etwas Stürmisches und Unerwartetes, das sie selbst anziehender machte, als sie es ihrer Natur nach wahrscheinlich gewesen wäre. Das Seltsame ihrer Lage vertrat bei ihr die Neuheit der Gedanken. Man betrachtete sie mit Interesse und Neugierde wie ein schönes Gewitter.

Meinen Augen in einem Augenblicke dargeboten, wo mein Herz der Liebe, meine Eitelkeit des Erfolges bedurfte, schien mir Ellénore eine meiner würdige Eroberung. Sie selbst fand an der Gesellschaft eines Mannes Vergnügen, der sich von denen, die sie bis jetzt kennengelernt hatte, unterschied. Ihr Zirkel war aus einigen Freunden und Verwandten ihres Geliebten und aus deren Frauen zusammengesetzt, die wegen des Ansehens des Grafen von P*** gezwungen waren, seine Mätresse zu empfangen. Die Männer waren ebenso arm an Gefühl wie an Gedanken, die Frauen unterschieden sich von ihren Männern nur dadurch, daß sich ihre Mittelmäßigkeit unruhiger und hektischer gebärdete, weil ihnen die geistige Gelassenheit fehlte, die sich mit einer Tätigkeit und dem Gleichmaß der Geschäfte einstellt. Ein leichterer, scherzhafter Ton, ein abwechslungsreicheres Gespräch, eine eigene Mischung von Melancholie und Heiterkeit, von Mutlosigkeit und Anteilnahme, von Begeisterung und Ironie setzten Ellénore in Erstaunen und fesselten sie. Sie sprach mehrere Sprachen, zwar nur unvollkommen, aber immer mit Lebhaftigkeit, oft mit Grazie. Ihre Gedanken schienen durch die Hindernisse hindurchzubrechen und aus diesem Kampf anmutiger, naiver und neuer hervorzugehen; denn fremde Sprachen verjüngen die Gedanken und befreien sie von jenen gewohnten Wendungen des Ausdrucks, die sie bald gewöhnlich, bald gekünstelt erscheinen lassen. Wir lasen zusammen englische Dichter, wir gingen miteinander spazieren; ich ging sie oft des Morgens besuchen, ich kehrte abends zu ihr zurück; ich unterhielt mich mit ihr über tausend Gegenstände.

Ich dachte, als kalter, unparteiischer Beobachter ihren Charakter und ihren Geist zu erforschen; doch jedes Wort, das sie sprach, schien mir von einer unbegreiflichen Grazie umhüllt zu sein. Der Wunsch, ihr zu gefallen, verlieh meinem Leben ein neues Interesse und beseelte mein ganzes Wesen auf ungewohnte Weise. Ich schrieb diese fast zauberische Wirkung ihren Reizen zu; und ich hätte mein Glück noch vollkommener gefühlt, wenn ich nicht meine Eigenliebe mit ins Spiel gebracht hätte. Diese Eigenliebe stand als dritte Person zwischen Ellénore und mir. Ich hielt mich gleichsam für verpflichtet, das Ziel, das ich mir gesetzt hatte, so schnell als möglich zu erreichen. Ich gab mich also den Eindrücken, die ich empfing, nicht ohne Vorbehalt hin. Ich sehnte mich, ihr ein Geständnis zu machen, denn ich glaubte, nur reden zu müssen, um Erfolg zu haben. Ich glaubte nicht, Ellénore zu lieben, aber schon hätte ich mich nicht mehr damit abfinden können, ihr nicht zu gefallen. Sie beschäftigte mich ohne Unterlaß. Ich formte tausend Pläne, ich erfand tausend Mittel, sie zu erobern, mit jenem Dünkel des Unerfahrenen, der des Erfolges eben darum gewiß ist, weil er noch nichts versucht hat.

Doch hielt mich eine unüberwindliche Schüchternheit zurück. Die Worte erstarben mir auf den Lippen oder endigten ganz anders, als ich beabsichtigt hatte.

Ich kämpfte in meinem Innern mit mir und wurde unwillig gegen mich selbst.

Ich dachte endlich darüber nach, wie ich mich auch vor mir selbst ehrenvoll aus diesem Widerstreit der Gefühle retten könne. Ich sagte mir, man müsse nichts übereilen; Ellénore sei auf das Geständnis, das ich im Sinne hatte, zu wenig vorbereitet, und es sei besser, noch zu warten. Fast immer stellen wir, um mit uns selbst in Ruhe zu leben, unser Unvermögen und unsere Schwäche als wohlberechnetes System hin; das befriedigt jenen Teil unseres Selbst, der sozusagen der Zuschauer des andern ist.

Dieser Zustand zog sich in die Länge. Täglich bestimmte ich den nächsten Tag als den unabänderlichen Zeitpunkt einer Erklärung, aber dieser nächste Tag verfloß dann immer wie der vorhergehende. Sobald ich mich von Ellénore entfernte, verließ mich meine Schüchternheit; ich nahm dann meine feingesponnenen Pläne und klugen Berechnungen wieder auf; doch kaum befand ich mich wieder in ihrer Gegenwart, als ich mich aufs neue zitternd und verwirrt fühlte. Wer in meinem Herzen hätte lesen können, wenn ich nicht in ihrer Nähe war, würde mich für einen kalten, gefühllosen Verführer gehalten haben, wer mich aber an ihrer Seite gesehen hätte, hätte in mir einen befangenen, leidenschaftlichen, jedoch noch unerfahrenen Liebhaber zu erkennen geglaubt. Beidesmal hätte man sich getäuscht: Es gibt keine vollkommene Einheit im Menschen, und fast nie ist jemand ganz und gar aufrichtig oder durchaus falsch.

Durch diese wiederholt gemachten Erfahrungen endlich überzeugt, daß ich nie den Mut haben würde, mich Ellénore mündlich anzuvertrauen, entschloß ich mich, ihr zu schreiben. Der Graf von P*** war abwesend. Der Kampf, den ich lange mit meinem eigenen

Charakter geführt hatte, der Unwille, den ich darüber empfand, daß ich ihn nicht hatte überwinden können, meine Ungewißheit über den Erfolg meines Versuchs gaben dem Brief eine Unruhe, die der Liebe sehr ähnlich war. Zudem entflammte ich mich durch meinen eigenen Stil und fühlte am Ende meines Briefes etwas von der Leidenschaft, die ich mit aller Macht auszudrücken versuchte.

Ellénore sah in meinem Brief, was natürlicherweise darin zu sehen war, die flüchtige Leidenschaft eines Menschen, der zehn Jahre jünger war als sie, dessen Herz sich ihm noch unbekannten Empfindungen aufschloß und der mehr Mitleid als Zorn verdiente. Sie antwortete mir mit Güte, gab mir liebevolle Ratschläge, trug mir eine aufrichtige Freundschaft an, erklärte mir aber, daß sie mich bis zur Rückkehr des Grafen von P*** nicht empfangen könne.

Diese Antwort brachte mich aus der Fassung. Meine Einbildungskraft, durch das Hindernis gereizt, bemächtigte sich meines ganzen Wesens. Die Liebe, die ich eine Stunde zuvor vorzutäuschen stolz war, glaubte ich plötzlich mit Macht zu empfinden. Ich eilte zu Ellénore; man sagte mir, sie sei ausgegangen. Ich schrieb ihr; ich bat sie, mir nur eine letzte Zusammenkunft zu gewähren; ich malte ihr in herzzerreißenden Ausdrücken meine Verzweiflung und die düsteren Pläne, die ihr grausamer Entschluß mir eingab. Einen großen Teil des Tags hindurch wartete ich vergebens auf eine Antwort; ich konnte meinen unsäglichen Schmerz nur dadurch besänftigen, daß ich mir oft wiederholte, ich wolle den nächsten Tag allen Hindernissen zum Trotz bis zu Ellénore vordringen und sie sprechen. Man brachte mir des Abends einige Worte von ihr; sie waren sanft. Ich glaubte, in ihnen eine Spur von Bedauern und Trauer zu bemerken; doch bestand sie auf ihrem Entschluß, den sie mir als unerschütterlich hinstellte. Ich begab mich des Morgens wieder zu ihr; sie war auf ein Landgut verreist, dessen Namen ihre Diener nicht wußten. Sie hatten nicht einmal die Möglichkeit, ihr Briefe zukommen zu lassen.

Ich stand lange unbeweglich an ihrer Türe, auf keinen glücklichen Zufall mehr hoffend, sie wiederzusehen. Ich war selber verwundert darüber, wie sehr ich litt. Die Augenblicke, als ich mir gesagt hatte, daß ich nur nach Erfolg trachte, daß es nur ein Versuch sei, auf den ich leicht wieder verzichten könne, kamen mir jetzt ins Gedächtnis zurück. Ich begriff nicht, wie dieser heftige, unbezwingliche Schmerz über mich kommen konnte, der mein Herz zerriß. Mehrere Tage gingen auf diese Weise hin. Ich war zur Zerstreuung wie zu Studien gleichermaßen unfähig. Ich irrte unablässig vor Ellénores Tür umher. Ich ging durch die Stadt, als hätte ich bei jeder Straßenecke hoffen können, ihr zu begegnen. Eines Morgens, auf einem dieser Wege ohne Ziel, die dazu dienten, meine innere Bewegung in Ermüdung zu verwandeln, erblickte ich den Wagen des Grafen von P***, der von seiner Reise zurückkehrte. Er erkannte mich und stieg aus. Nach einigen Redensarten sprach ich, meine Verwirrung verbergend, von der plötzlichen Abreise Ellénores. »Ja«, erwiderte er, »einer ihrer Freundinnen, die wenige Meilen von hier entfernt wohnt, ist irgend etwas Unangenehmes zugestoßen, und Ellénore glaubte, ihr Trost würde dort nützlich sein. Sie reiste ab, ohne mich um Rat zu fragen. Sie ist ein Mensch, der sich ganz von seinen Gefühlen beherrschen läßt, und ihr immer tätiger Geist findet in der Aufopferung für andere so etwas wie Ruhe. Doch ihre Anwesenheit hier ist mir zu wichtig. Ich will ihr schreiben. Sie kommt gewiß in einigen Tagen wieder zurück.«

Diese Versicherung beruhigte mich. Ich fühlte meinen Schmerz nachlassen. Das erste Mal seit Ellénores Abreise konnte ich wieder frei atmen. Ihre Rückkehr erfolgte nicht so schnell, wie der Graf von P*** gehofft hatte. Aber ich hatte meine gewohnte Lebensart wieder angenommen, und die Beklemmung, die ich empfunden hatte, fing an, sich zu verlieren, als nach Verlauf eines Monats der Graf von P*** mich benachrichtigen ließ, Ellénore werde am Abend zurückerwartet. Da er großen Wert darauf legte, ihr in der Gesellschaft den Platz zu bewahren, den sie aufgrund ihres Charakters verdiente, von dem aber ihre Stellung sie auszuschließen schien, hatte er mehrere Verwandte und Freundinnen, die Ellénores Umgang nicht mieden, zum Abendessen geladen.

Meine Erinnerungen kehrten wieder zurück, anfangs verworren, bald aber lebhafter. Meine Eigenliebe kam dazu. Ich fand mich durch den Gedanken, einer Frau entgegenzutreten, die mich wie ein Kind behandelt hatte, erniedrigt und gedemütigt. Ich stellte mir vor, wie sie, während ich auf sie zutrat, darüber lächelte, daß eine kurze Abwesenheit die aufbrausende Hitze eines jungen Kopfes beruhigt hatte, und ich entdeckte in diesem Lächeln so etwas wie Verachtung für mich. Nach und nach belebten sich meine Gefühle wieder. Ich war an eben diesem Tag aufgestanden, ohne an Ellénore zu denken; eine Stunde später, nachdem ich die Nachricht ihrer Ankunft empfangen hatte, irrte ihr Bild vor meinen Augen, herrschte es in meinem Herzen, und ich fieberte vor Angst, sie nicht zu sehen.

Ich blieb den ganzen Tag zu Hause. Ich hielt mich dort sozusagen versteckt. Ich zitterte bei dem Gedanken, daß die kleinste Bewegung unsere Zusammenkunft verhindern könnte. Dennoch war nichts natürlicher und gewisser, ich sehnte mich aber mit solchem Feuer danach, daß sie mir unmöglich schien. Die Ungeduld verzehrte mich: jeden Augenblick zog ich die Uhr zu Rate. Ich mußte das Fenster öffnen, um atmen zu können, und das Blut brannte mir in den Adern.

Endlich hörte ich die Stunde schlagen, in der ich mich zu dem Grafen begeben sollte. Meine Ungeduld verwandelte sich plötzlich in Schüchternheit. Ich zog mich langsam an, ich fühlte mich gar nicht mehr gedrängt, dort anzukommen. Ich empfand solchen Schauder vor dem Gedanken, daß meine Erwartung getäuscht werden könnte, ein so lebhaftes Gefühl des Schmerzes, dem ich mich vielleicht aussetzte, daß ich gern bereit gewesen wäre, alles aufzuschieben.

Es war schon spät, als ich bei dem Grafen von P*** eintrat. Ich erblickte Ellénore, die im Hintergrund des Zimmers saß; ich wagte nicht, näher zu treten; es schien mir, als hätte alle Welt die Augen auf mich gerichtet. Ich ging, mich in einem Winkel des Saals zu verbergen, hinter einer Gruppe Leute, die miteinander sprachen. Von dort betrachtete ich Ellénore. Sie schien mir etwas verändert, sie war blasser als gewöhnlich. Der Graf erblickte mich in dem Versteck, in das ich mich geflüchtet hatte. Er kam zu mir, nahm mich bei der Hand und führte mich zu Ellénore. »Ich bringe Ihnen hier jemanden«, sagte er lachend zu ihr, »den Ihre unerwartete Abreise in das höchste Erstaunen versetzt hat.« Ellénore sprach mit einer Frau, die neben ihr saß. Als sie mich sah, stockten die Worte auf ihren Lippen; sie war ganz bestürzt; ich selbst war es nicht weniger.

Man konnte uns hören. Ich stellte Ellénore einige unbedeutende Fragen. Wir gewannen beide wieder den Anschein der Ruhe. Man meldete, es sei aufgetragen. Ich bot Ellénore den Arm, sie konnte ihn nicht zurückweisen. »Wenn Sie mir nicht versprechen«, sagte ich, indem ich sie führte, »mich morgen um elf Uhr zu empfangen, so reise ich auf der Stelle ab, verlasse mein Vaterland, meine Familie und meinen Vater; alle Bande will ich zerreißen, allen meinen Pflichten schwöre ich ab und eile, gleichviel wohin, so schnell wie möglich ein Leben zu enden, das zu vergiften Ihnen gefällt.« »Adolphe!« sagte sie und zögerte. Ich machte eine Bewegung, mich zu entfernen. Ich weiß nicht, was meine Mienen ausdrückten, aber noch nie hatte ich einen so heftigen, krampfhaften Schmerz empfunden.

Ellénore sah mich an. Schrecken und Zuneigung zugleich malten sich in ihren Gesichtszügen. »Ich werde Sie morgen empfangen«, sagte sie, »aber ich beschwöre Sie . . .« Sie konnte den Satz nicht beenden, da uns viele Leute folgten. Ich drückte mit meinem Arm ihre Hand; wir setzten uns zu Tisch.

Ich hätte gewünscht, mich an Ellénores Seite zu setzen; allein der Herr des Hauses hatte es anders geordnet. Ich erhielt fast ihr gegenüber meinen Platz. Zu Beginn des Essens war sie in Gedanken verloren. Wenn man das Wort an sie richtete, antwortete sie sanft, doch fiel sie bald in Zerstreuung zurück. Eine ihrer Freundinnen, durch ihr Schweigen und ihre Ermattung betroffen, fragte sie, ob sie krank sei? »Ich war die letzte Zeit nicht wohl«, erwiderte Ellénore, »und auch jetzt fühle ich mich ziemlich schwach.« Ich versuchte auf Ellénore einen angenehmen Eindruck zu machen. Ich wollte sie, indem ich mich liebenswürdig und geistreich zeigte, zu meinen Gunsten stimmen und auf das Zusammentreffen vorbereiten, das sie mir versprochen hatte. Ich versuchte also auf tausenderlei Art, ihre Aufmerksamkeit zu gewinnen; ich lenkte das Gespräch auf Themen, von denen mir bekannt war, daß sie sie interessierten; unsere Nachbarn mengten sich ins

Gespräch. Ich war durch ihre Gegenwart beflügelt; ich erreichte, daß sie mir zuhörte, und sah sie bald lächeln. Ich empfand darüber so große Freude, meine Blicke verrieten ihr so große Erkenntlichkeit, daß sie davon gerührt wurde. Sie widerstand dem Reiz nicht mehr, den der Anblick des Glücks, das ich nur ihr dankte, in ihrer Seele verbreitete, und als wir von der Tafel aufstanden, waren unsere Herzen im Einklang, als wären sie nie getrennt gewesen. »Sie sehen«, sagte ich, als ich ihr die Hand gab, um sie in den Saal zurückzuführen, »daß Sie über mein ganzes Dasein gebieten; was habe ich Ihnen getan, daß Sie Vergnügen daran empfinden, mich zu quälen?«

Drittes Kapitel

Ich brachte die Nacht schlaflos zu. Es war nun in mir keine Rede mehr von berechneten Absichten und Plänen; ich fühlte aufrichtig und wahrhaft Liebe. Nicht mehr die Hoffnung auf Erfolg trieb mich zu handeln, vielmehr beherrschte mich das Bedürfnis, die zu sehen, die ich liebte und mich an ihrer Gegenwart zu erfreuen. Es schlug elf Uhr. Ich begab mich zu Ellénore; sie erwartete mich. Sie wollte sprechen, ich bat sie aber, mich anzuhören. Ich setzte mich zu ihr, denn ich konnte mich kaum aufrecht halten, und sprach mit ihr, nicht ohne mich häufig unterbrechen zu müssen.

»Ich komme nicht, um mich dem Entschluß, den Sie faßten, zu widersetzen; nicht, um ein Geständnis, das Sie kränken mochte, zu widerrufen; vergebens würde ich dies versuchen! Die Liebe, die Sie von sich stoßen, ist unzerstörbar. Sogar die Anstrengung, die es mich in diesem Augenblick kostet, mit einiger Ruhe zu Ihnen zu sprechen, ist ein Beweis von der Heftigkeit eines

Gefühls, das Sie verletzt. Nicht aber, um mit Ihnen über dieses Gefühl zu sprechen, bat ich Sie, mich anzuhören; im Gegenteil, um Sie zu bitten, es zu vergessen, mich wie sonst zu empfangen, die Erinnerung an den Wahnsinn eines Augenblicks auszulöschen und mich nicht dafür zu bestrafen, weil Sie von einem Geheimnis wissen, das ich in der Tiefe meiner Seele hätte verschließen sollen. Sie kennen meine Lage, diesen Charakter, den man merkwürdig und ungeformt nennt, dieses Herz, dem alle Interessen der Welt fremd sind, das sich mitten unter den Menschen einsam fühlt und das gleichwohl unter der Absonderung leidet, zu der es verdammt ist. Ihre Freundschaft hielt mich aufrecht; ohne diese Freundschaft kann ich nicht leben. Sie zu sehen ist mir zur Gewohnheit geworden. Sie ließen diese süße Gewohnheit entstehen und sich bilden: was habe ich getan, um diesen einzigen Trost eines so traurigen und düsteren Daseins zu verlieren? Ich bin über alle Beschreibung unglücklich. Ein so lang dauerndes Unglück zu ertragen, fühle ich keinen Mut mehr. Ich hoffe nichts, ich verlange nichts, nur sehen will ich Sie: aber ich muß Sie sehen, wenn ich leben soll.«

Ellénore schwieg noch immer. »Was fürchten Sie«, begann ich wieder. »Was fordere ich? Das, was Sie all den gleichgültigen Menschen gewähren! Ist es die Gesellschaft, die Sie scheuen? Diese Gesellschaft, ganz von ihren fadenscheinigen Riten in Anspruch genommen, wird in einem Herzen wie dem meinen nicht lesen können. Wie sollte ich nicht umsichtig sein? Geht es denn nicht um mein Leben? Ellénore, geben Sie meiner Bitte nach! Sie werden dabei auch etwas Schönes finden. Sie werden den Zauberreiz entdecken, so geliebt zu werden, mich in Ihrer Nähe nur mit Ihnen beschäftigt zu sehen, nur für Sie lebend, Ihnen alles Gefühl des

Glücks dankend, dessen ich noch fähig bin, durch Ihre Gegenwart dem Schmerz und der Verzweiflung entrissen.«

Ich redete noch lange auf diese Weise, widerlegte jeden Einwand und beleuchtete von tausend Seiten her alle Überlegungen, die zu meinen Gunsten sprachen. Ich war so voll Demut ergeben, so voller Entsagung, ich verlangte so wenig, ich wäre durch eine Abweisung zutiefst unglücklich gewesen!

Ellénore war bewegt. Sie setzte mir mehrere Bedingungen. Zwar wollte sie mich empfangen, doch selten nur, in zahlreicher Gesellschaft und mit der Verpflichtung, daß ich ihr nie von Liebe sprechen sollte. Ich versprach, was sie verlangte. Wir waren beide zufrieden; ich, das wiedererlangt zu haben, was ich in Gefahr war zu verlieren, Ellénore, weil sie fand, zugleich großmütig, ihrer Empfindung folgend und klug zu handeln.

Schon am nächsten Tag machte ich von der Erlaubnis Gebrauch, die ich erhalten hatte. Dasselbe tat ich die folgenden Tage. Ellénore dachte nicht mehr daran, daß es unumgänglich wäre, meine Besuche einzuschränken; bald schien ihr nichts natürlicher, als mich täglich zu sehen. Zehn Jahre Treue hatten Herrn von P*** unbedingtes Vertrauen eingeflößt; er gewährte Ellénore uneingeschränkte Freiheit. Da er gegen die allgemeine Meinung hatte kämpfen müssen, die seine Mätresse von der Gesellschaft ausschließen wollte, mit der er zu leben berufen war, so freute es ihn, die Gesellschaft Ellénores sich vergrößern zu sehen. Sein volles Haus bestätigte in seinen Augen seinen Triumph über die allgemeine Meinung.

Jedesmal, wenn ich eintrat, sah ich in Ellénores Blicken einen Ausdruck von Freude. Wenn sie am Gespräch Vergnügen fand, wandte sie ihre Augen ungezwungen nach mir; nie wurde etwas Interessantes erzählt, ohne daß sie mich herbeirief, es zu hören. Doch war sie nie allein; ganze Abende verflossen, ohne daß ich ihr mehr als nur ein paar bedeutungslose oder abgerissene Worte unter vier Augen sagen konnte. So viel Zwang erzürnte mich bald; ich ward finster, schweigsam, launisch, bitter in meinen Reden. Ich konnte mich kaum bezwingen, wenn ein anderer als ich allein mit Ellénore sprach, und ich unterbrach solche Gespräche auf schroffe Weise. Es kümmerte mich wenig, daß jemand sich verletzt fühlen konnte, und ich wurde nicht immer von der Furcht zurückgehalten, Ellénore in Verlegenheit zu bringen. Sie beklagte sich bei mir über diese Veränderung. »Was wollen Sie?« sagte ich mit Ungeduld. »Sie glauben gewiß, viel für mich getan zu haben; ich bin aber genötigt, Ihnen zu sagen, daß Sie sich irren. Ich begreife Ihre neue Lebensweise nicht. Früher lebten Sie zurückgezogen, Sie flohen eine ermüdende Gesellschaft, Sie vermieden jene endlosen Gespräche, die sich nur deshalb so sehr ins Unendliche ausdehnen, weil sie nie hätten beginnen sollen. Jetzt aber steht Ihre Tür aller Welt offen. Man könnte meinen, daß ich, als ich Sie bat, mich zu empfangen, für die ganze Menschheit dieselbe Gunst erwirkte. Ich gestehe Ihnen, daß ich, der Sie sonst so klug und umsichtig kannte, nicht erwartet habe, Sie so oberflächlich zu finden.«

Ich bemerkte in Ellénores Zügen Unzufriedenheit und Traurigkeit. »Liebe Ellénore«, sagte ich sogleich in einem sanfteren Ton, »verdiene ich denn nicht, den tausend lästigen Menschen, die Sie umlagern, vorgezogen zu werden? Hat Freundschaft nicht ihre Geheimnisse? Ist sie mitten im Lärm der Menge nicht mißgestimmt und scheu?«

Ellénore fürchtete, wenn sie sich unbeugsam zeigte,

jene Unbesonnenheit sich erneuern zu sehen, die sie für sich und mich in Furcht setzte. Der Gedanke eines Bruches drang nicht mehr in ihr Herz. Sie willigte ein, mich manchmal allein zu empfangen.

Jetzt änderten sich rasch die strengen Vorschriften, die sie mir gegeben hatte. Sie erlaubte mir, ihr meine Liebe zu schildern, sie wurde nach und nach mit dieser Sprache vertraut; bald gestand sie mir, daß sie mich liebte.

Ich brachte einige Stunden zu ihren Füßen zu, nannte mich den glücklichsten Menschen und gab ihr tausend Versicherungen der Zärtlichkeit, der Ergebenheit und ewiger Verehrung. Sie erzählte mir, was sie durch den Versuch, sich von mir zu entfernen, gelitten habe; wie sie oft gehofft habe, ich würde sie trotz ihrer Bemühungen entdecken; wie das leiseste Geräusch, das ihr Ohr traf, ihr meine Ankunft zu verkünden schien, welche Bestürzung, welche Freude und Furcht sie empfand, als sie mich wiedersah, und wie sie, aus Mißtrauen gegen sich selbst, um die Neigung ihres Herzens mit der Vorsicht zu vereinbaren, sich den Zerstreuungen der Gesellschaft hingegeben und die Menge, die sie sonst floh, gesucht habe. Ich ließ sie auch die kleinsten Einzelheiten wiederholen, und die Geschichte einiger Wochen schien uns die Geschichte eines vollen Lebens zu sein. Die Liebe ersetzt durch eine Art Bezauberung lange Erinnerungen. Jede andere Neigung bedarf einer Vergangenheit, die Liebe aber schafft, wie durch einen Zauber, sich selbst eine Vergangenheit, mit der sie uns umgibt. Sie gibt uns sozusagen das Gefühl, jahrelang mit einem Menschen gelebt zu haben, der uns vor kurzem noch fremd war. Die Liebe ist nur ein leuchtender Punkt, und dennoch scheint sie sich der Zeit völlig zu bemächtigen. Wenige Tage zuvor war sie noch nicht, bald wird sie nicht mehr sein; aber so lange sie existiert, verbreitet sie ihre Klarheit über die Zeit, die ihr vorausging, wie über jene, die ihr folgen wird.

Doch die Ruhe dauerte nur kurze Zeit. Ellénore war um so mehr auf der Hut vor ihrer Schwäche, als die Erinnerung an ihre Fehler sie verfolgte; und meine Einbildungskraft, meine Wünsche, meine dünkelhaften Prinzipien, die mir selber nicht recht bewußt waren, empörten sich gegen eine solche Liebe. Immer schüchtern, oft gereizt, beklagte ich mich, ließ ich mich hinreißen, Ellénore mit Vorwürfen zu überhäufen. Mehr als einmal faßte sie den Entschluß, eine Verbindung zu zerreißen, die über ihr Leben nur Unruhe und Verwirrung verbreitete; mehr als einmal besänftigte ich sie durch meine Bitten, meine Reue und meine Tränen.

»Ellénore«, schrieb ich ihr eines Tages, »Sie kennen meine Leiden nicht; in Ihrer Nähe und fern von Ihnen bin ich gleichermaßen unglücklich. Während der Stunden, die uns trennen, irre ich ziellos umher, gebeugt unter der Last eines Daseins, das ich nicht zu ertragen weiß. Die Gesellschaft ist mir lästig, und die Einsamkeit drückt mich nieder. Die gleichgültigen Menschen, die mich beobachten, die nichts von dem ahnen, was mich beschäftigt, die mich mit Neugierde ohne Anteilnahme, mit Befremden ohne Mitleid ansehen, jene Menschen, die mir von anderem als von Ihnen zu reden wagen, senken einen tödlichen Schmerz in mein Herz. Ich fliehe sie; doch bin ich allein, so kann ich doch nicht frei atmen und meiner gepreßten Brust Erleichterung verschaffen. Ich werfe mich auf die Erde, die sich öffnen sollte, um mich für immer zu verschlingen. Ich lege meinen Kopf auf den kalten Stein, der das brennende Fieber, das mich verzehrt, besänftigen soll; ich schleppe mich zu jenem Hügel hin, von dem aus man Ihr

Haus erblickt. Dort bleibe ich, die Augen auf die Stätte gerichtet, die ich nie mit Ihnen bewohnen werde. Wäre ich Ihnen früher begegnet, so hätten Sie mir gehören können! Ich hätte das einzige Wesen in meine Arme geschlossen, das die Natur für mein Herz geschaffen hat, für dieses Herz, das so viel litt, weil es auf Sie nur gewartet und weil es Sie nur allzu spät gefunden hat. Wenn endlich diese Stunden des Wahnsinns vorüber sind und der Augenblick naht, wo ich Sie sehen darf, so mache ich mich zitternd auf den Weg zu Ihrer Wohnung. Ich fürchte, jeder, der mir begegnet, möchte die Gefühle, die mein Inneres birgt, erraten. Ich halte inne, gehe langsamen Schrittes, verzögere den Augenblick des Glücks, dieses Glücks, von allem bedroht, das ich jeden Augenblick zu verlieren glaube; ein unvollkommenes und gestörtes Glück, gegen welches sich vielleicht in jedem Augenblick ein unheilvolles Geschehen, eifersüchtige Blicke, tyrannische Launen und Ihr eigener Wille verschwören. Wenn ich nun an der Schwelle Ihrer Tür stehe, wenn ich sie zögernd öffne, erfaßt mich ein neuer Schauder: Ich trete wie ein Schuldiger ein, von allen Gegenständen, denen mein Blick begegnet, Gnade erflehend, als wären sie alle meine Feinde und beneideten mich um die Stunde des Glücks, die ich noch einmal genießen werde. Der geringste Laut erschreckt mich, die geringste Bewegung in meiner Nähe bringt mir Entsetzen; das Geräusch meiner Tritte selbst läßt mich zurückweichen. In Ihrer Nähe selbst fürchte ich noch, daß sich unversehens ein Hindernis zwischen uns drängen könnte. Endlich sehe ich Sie, ich sehe Sie und atme wieder frei, ich betrachte Sie und halte inne wie der Flüchtling, der endlich den schützenden Boden erreicht, der ihn vor dem Tod bewahrt. Aber auch dann noch, wenn mein ganzes Sein zu Ihnen hinstrebt, wenn mir nichts notwendiger wäre, als von so vielen Qualen auszuruhen, mein Haupt auf Ihre Knie zu legen und meinen Tränen freien Lauf zu lassen, muß ich mich mit Gewalt zwingen und selbst in Ihrer Nähe die Anstrengung spüren, die mein Leben bestimmt. Nicht ein Augenblick der Ruhe, nicht ein Augenblick der Hingebung! Ihre Blicke beobachten mich. Sie sind in Verlegenheit, durch meine Unruhe fast verletzt. Ich weiß nicht, welche Beklemmung auf jene köstlichen Stunden folgte, in denen Sie mir wenigstens Ihre Liebe gestanden. Die Zeit flieht, neue Verpflichtungen rufen Sie: Sie vergessen sie niemals. Sie zögern nie den Augenblick hinaus, an dem ich mich entfernen muß. Fremde treten ein; es ist mir nicht mehr erlaubt, Sie anzusehen; ich fühle, daß ich fliehen muß, um mich dem Verdacht zu entziehen, der mich umgibt. Ich verlasse Sie aufgeregter, zerrissener, wahnsinniger, als da ich kam; ich verlasse Sie und falle in jene schreckliche Einsamkeit zurück, in der ich kämpfe, ohne ein einziges Wesen zu finden, auf das ich mich stützen, bei dem ich einen Augenblick ausruhen könnte.«

Ellénore war nie auf diese Weise geliebt worden. Herr von P*** fühlte für sie zwar eine sehr aufrichtige Neigung, viel Dankbarkeit für ihre Hingabe, viel Achtung für ihren Charakter, aber es lag in seinem Verhalten immer eine gewisse Überlegenheit gegenüber einer Frau, die sich ihm öffentlich hingegeben, ohne daß er sie geheiratet hatte. Er hätte, der allgemeinen Meinung nach, manche ehrenvollere Verbindung eingehen können; er sagte es ihr nicht; vielleicht sagte er es sich nicht einmal selber; aber was man nicht ausspricht, ist darum nicht weniger vorhanden, und alles, was ist, errät sich leicht. Ellénore hatte bis dahin noch keine Vorstellung von einem so leidenschaftlichen Gefühl gehabt, von einem Dasein, das ganz in ihrem Wesen aufging, wovon sogar meine Raserei, meine ungerechten Vorhaltungen nur um so unumstößlichere Beweise waren. Ihr Widerstand hatte mein Gefühl und alle meine Gedanken zur Leidenschaft gesteigert; von den heftigsten Aufwallungen, die sie entsetzten, kehrte ich zu Unterwürfigkeit, Zärtlichkeit, zu abgöttischer Verehrung zurück. Ich sah in ihr ein überirdisches Wesen. Meine Liebe ähnelte religiöser Verehrung und hatte für sie um so mehr Reiz, als sie immer befürchtete, in einem ganz entgegengesetzten Sinne gedemütigt zu werden. Sie gab sich endlich ganz hin.

Unglücklich der Mann, der, wenn er zu lieben beginnt, nicht glaubt, daß die Liebe ewig dauern werde. Unglücklich derjenige, der in den Armen der Geliebten, die er kaum erst sein nennen darf, eine unselige Ahnung behält und voraussieht, er werde sich wieder von ihr trennen können! Eine Frau, die sich von ihren Gefühlen dahinreißen läßt, hat in diesem Augenblick etwas Ergreifendes und Heiliges. Nicht das Vergnügen, nicht die Natur, nicht die Sinne bereiten das Verderben; jene kalten Berechnungen sind es, an die uns die Gesellschaft gewöhnt, jene Überlegungen sind es, die die Erfahrung in uns entstehen läßt. Ich liebte, ich verehrte Ellénore mehr noch als ehemals, seit sie sich mir hingegeben hatte. Mit Stolz trat ich unter die Menschen und maß sie mit überlegenen Blicken. Die Luft, die ich atmete, war schon Genuß. Ich warf mich der Natur in die Arme, ihr für die unerwartete Wohltat, für die unermeßliche Gunst zu danken, die sie mir geschenkt hatte.

Viertes Kapitel

Zauber der Liebe, wer könnte dich schildern! Diese Gewißheit, daß wir endlich den Menschen fanden, den die Natur uns bestimmte, dieser Glanz, der sich plötzlich über unser Dasein ergießt und uns sein Geheimnis aufzuhellen scheint, diese ungeahnte Bedeutung, die sich an die geringsten Umstände knüpft, diese rasch hinfliehenden Stunden, die, weil sie so süß sind, in ihren Einzelheiten ganz aus unserer Erinnerung entschwinden und in unserer Seele nur die eine große Empfindung des Glücks zurücklassen, die ausgelassene Fröhlichkeit, die sich manchmal grundlos jener nie erlöschenden Rührung beimengt, so viel Freude der Gegenwart, so viel Hoffnung in der Entfernung, diese Befreiung von allen alltäglichen Sorgen, dieses Gefühl der Überlegenheit über alles, was uns umgibt, die Gewißheit, daß die Welt uns dort nicht erreichen kann, wo wir leben, dies wechselseitige Verstehen, das jeden Gedanken errät und jeder Empfindung entgegenkommt! Zauber der Liebe, wer dich je fühlte, nie kann er dich schildern!

Dringende Geschäfte zwangen Herrn von P***, sich für sechs Wochen zu entfernen. Ich war diese Zeit hindurch fast ohne Unterbrechung bei Ellénore. Ihre Neigung zu mir schien durch das Opfer, das sie mir gebracht hatte, noch größer geworden zu sein. Nie ließ sie mich von sich gehen, ohne den Versuch zu machen, mich zurückzuhalten. Ging ich, so fragte sie mich, wann ich wiederkommen würde. Zwei Stunden der Trennung waren ihr etwas Unerträgliches. Sie bestimmte mit unruhevoller Genauigkeit den Augenblick meiner Rückkehr; ich willigte mit Freude ein, ich war dankbar, ich war glücklich durch die Empfindung, die sie mir bezeugte. Doch die Anforderungen des gewöhnlichen Lebens lassen sich nicht nach unserem Gutdünken allen unsern Wünschen unterordnen. Es war mir manchmal unbequem, alle meine Schritte im voraus bestimmt und jeden Augenblick gezählt zu wissen. Ich war gezwungen, alle meine Unternehmungen zu übereilen und die meisten meiner Verbindungen aufzugeben. Ich wußte nicht, was ich meinen Bekannten antworten sollte, wenn man mir irgendeine Geselligkeit vorschlug, die auszuschlagen ich unter gewöhnlichen Umständen keinen Grund gehabt hätte. Ich trauerte zwar bei Ellénore jenen Freuden des gesellschaftlichen Lebens nicht nach, für die ich nie große Neigung gefühlt hatte; aber ich wünschte, sie hätte mir erlaubt, ihnen mit mehr Freiheit zu entsagen. Es wäre mir süßer gewesen, aus eigener Wahl zu ihr zurückzukehren, ohne mir sagen zu müssen, die Stunde sei gekommen, wo sie mich mit Ängstlichkeit erwartete, und ohne dem Glück, das ich empfinden sollte, den Gedanken der Pein, die sie fühlte, beigemischt zu finden. Ellénore war gewiß ein lebhaft gefühltes Glück in meinem Dasein, aber sie war kein Ziel mehr, sondern eine Fessel, die mich band. Übrigens fürchtete ich, sie bloßzustellen. Meine ständige Gegenwart mußte ihre Dienerschaft, ihre Kinder, die mich beobachten konnten, befremden. Ich zitterte bei dem Gedanken, ihr Leben zu zerstören. Ich fühlte, daß wir nicht für immer vereint sein könnten und daß es mir eine heilige Pflicht sein müsse, ihre Ruhe zu achten. Ich riet ihr also zur Vorsicht, während ich sie meiner Liebe versicherte. Aber je mehr ich ihr Ermahnungen dieser Art gab, desto weniger schien sie geneigt, mich anzuhören. Zugleich fürchtete ich sehr, sie zu betrüben. Sobald sich Schmerz auf ihrem Gesicht zeigte, wurde ihr Wille der meinige: nur wenn sie mit mir zufrieden war, fühlte ich mich wohl. Wenn ich auf der Notwendigkeit bestand, sie für einige Augenblicke zu verlassen, und es mir endlich gelungen war, mich zu entfernen, verfolgte mich überall hin das Bild des Schmerzes, den ich ihr verursacht hatte. Ein Fieber der Reue ergrif mich, das mit jedem Augenblick zunahm und mich endlich besiegte; ich eilte zu ihr zurück, und es war mir ein Fest, sie zu trösten und zu beruhigen. Aber je mehr ich mich ihrer Wohnung näherte, um so heftiger mischte sich zu meinen sonstigen Empfindungen eine Regung des Verdrusses über diese sonderbare Gewalt, die sie über mich ausübte. Ellénore selbst war heftig. Sie empfand, glaube ich, für mich, was sie für sonst niemanden empfunden hatte. Bei ihren früheren Verbindungen war ihr Herz durch eine schmerzliche Abhängigkeit bedrückt gewesen; mit mir jedoch fühlte sie sich durchaus ungezwungen, weil wir uns beide in vollkommener Gleichheit gegenüberstanden. Sie hatte in ihren eigenen Augen durch diese von aller Berechnung, allem Eigennutz freie Liebe ihre Ehre zurückgewonnen, sie wußte, daß ich völlig gewiß war, sie liebe mich nur um meiner selbst willen. Aus der gänzlichen Hingabe an mich folgte aber auch, daß sie mir keine ihrer inneren Regungen verheimlichte; und immer wenn ich ihr Zimmer betrat, unwillig darüber, daß ich früher zurückkehrte, als ich eigentlich wollte, so fand ich sie traurig und erzürnt. Zwei Stunden hatte ich fern von ihr an dem Gedanken gelitten, daß sie meinetwegen leide, und ich litt wieder zwei Stunden in ihrer Nähe, ehe ich sie beruhigen konnte.

Dennoch war ich nicht unglücklich. Ich sagte mir, es sei ein süßes Glück, geliebt zu werden, selbst auf so anspruchsvolle Weise. Ich spürte, daß sie sich durch mich wohl fühlte; ihr Glück war mir unentbehrlich, und ich wußte, daß auch ich ihrem Glücke unentbehrlich war.

Übrigens war die dunkle Vorstellung, daß schon der Natur der Dinge nach diese Verbindung nicht von Dauer sein könnte – ein in vieler Hinsicht trauriger Gedanke –, dennoch geeignet, mich in meinen Anfällen von Ermüdung und Ungeduld zu beruhigen. Die

Bande, welche Ellénore an den Grafen von P*** knüpften, das Mißverhältnis in unserem Alter, die Verschiedenheit unserer Verhältnisse, meine Abreise, welche mancherlei Umstände schon hinausgezögert hatten, die aber bald heranrücken sollte, all diese Betrachtungen luden mich ein, noch so viel Glück zu geben und zu nehmen, als möglich sein konnte. Der Jahre glaubte ich gewiß zu sein; ich geizte nicht mit Tagen.

Der Graf von P*** kam zurück. Sehr bald erriet er mein Verhältnis zu Ellénore; er empfing mich jeden Tag kälter und finsterer. Ich sprach mit Ellénore lebhaft über die Gefahren, denen sie sich aussetzte. Ich flehte sie an, sie möchte erlauben, daß ich für einige Tage meine Besuche unterbreche. Ich machte sie auf die Folgen für ihren Ruf, ihr Glück und ihre Kinder aufmerksam. Sie hörte mich lange schweigend an. Sie war bleich wie der Tod. Endlich sagte sie: »Sie werden ohnehin bald abreisen; wir wollen diesem Augenblick nicht zuvorkommen. Seien Sie meinetwegen außer Sorge! Lassen Sie uns Tage, Stunden gewinnen! Tage, Stunden, das ist alles, was ich brauche. Ich weiß nicht, Adolphe, warum mein Vorgefühl mir sagt, daß ich in Ihren Armen sterben werde!«

Wir fuhren daher fort, wie sonst zu leben; ich immer voll Unruhe, Ellénore immer traurig, der Graf von P*** stumm und kummervoll. Endlich kam der Brief, den ich erwartete. Mein Vater befahl mir, zu ihm zu kommen. Ich brachte Ellénore den Brief. »Jetzt schon!« sagte sie, als sie ihn gelesen hatte; »ich glaubte nicht, daß es so bald sein sollte.« Dann brach sie in Tränen aus, nahm mich bei der Hand und sagte: »Adolphe, Sie sehen, daß ich ohne Sie nicht leben kann! Was aus meiner Zukunft werden soll, weiß ich nicht, aber ich beschwöre Sie, noch nicht abzureisen; suchen Sie einen Vorwand zu bleiben. Erbitten Sie von Ihrem

Vater für sechs Monate die Verlängerung Ihres Aufenthalts. Sechs Monate, ist das denn so lang?« Ich wollte ihrem Vorschlag entgegentreten, aber sie weinte so bitter, sie zitterte so sehr, ihre Züge zeigten einen so herzzerreißenden Schmerz, daß ich innehalten mußte. Ich warf mich ihr zu Füßen, ich schloß sie in meine Arme, ich versicherte sie meiner Liebe und ging fort, meinem Vater zu schreiben. Ich schrieb in der Tat mit jener heftigen Erregung, die Ellénores Schmerz mir gegeben hatte. Ich fand tausend Gründe für den Aufschub der Reise. Ich hob den Nutzen hervor, wenn ich in D*** noch einige Vorlesungen besuchte, denen ich in Göttingen nicht hatte beiwohnen können; und als ich den Brief zur Post schickte, hatte ich das brennende Verlangen, die Bewilligung meiner Bitte zu erhalten.

Ich kam am Abend zu Ellénore zurück. Sie saß auf einem Sofa. Der Graf von P*** war am Kamin und ziemlich von ihr entfernt. Die beiden Kinder waren im Hintergrund des Zimmers, doch sie spielten nicht, und auf ihren Gesichtern las man das kindliche Erstaunen über eine Aufregung, deren Ursache sie nicht erraten können. Ich unterrichtete Ellénore durch ein Zeichen, daß ich das, was sie wünschte, getan habe. In ihren Augen leuchtete ein Freudenstrahl auf, doch verschwand er sogleich wieder. Wir sprachen nichts. Das Schweigen wurde für alle drei bedrückend. »Man versichert mir«, fing endlich der Graf an, »daß Ihre Abreise bevorsteht.« Ich antwortete ihm, daß ich davon nichts wisse. »Es scheint mir«, erwiderte er, »daß man in Ihrem Alter nicht säumen sollte, eine Laufbahn zu beginnen; allerdings«, fügte er hinzu, indem er Ellénore ansah, »denkt hier vielleicht nicht jeder wie ich.«

Die Antwort meines Vaters kam bald. Ich zitterte, als ich den Brief öffnete, über den Schmerz, den eine abschlägige Antwort Ellénore verursachen würde. Es schien mir sogar, ich selbst hätte den Schmerz mit gleicher Bitterkeit gefühlt. Als ich aber seine Zustimmung las, standen mir plötzlich alle Nachteile einer Verlängerung meines Aufenthalts vor Augen. »Noch sechs Monate Bedrängnis und Zwang!« rief ich aus, »noch sechs Monate, während denen ich einen Mann beleidige, der mir Freundschaft bezeugte, und eine Frau, die mich liebt, in Gefahr bringe; ich setze die einzige Stellung, in der sie ruhig und geachtet leben kann, aufs Spiel, ich betrüge meinen Vater; und warum? Weil ich nicht für einen Augenblick einem Schmerz standhalten will, der früher oder später unausweichlich ist! Empfinden wir diesen Schmerz nicht täglich, tropfenweise zugemessen? Ich bringe Ellénore nur Unglück; mein Gefühl, wie es ist, kann sie nicht befriedigen. Ich opfere mich für sie, fruchtlos für ihr Glück, ich selbst lebe hier nutzlos, ohne unabhängig zu sein, ich habe nicht einen freien Augenblick und keine Stunde, in der ich ruhig atmen kann.« Ich kam zu Ellénore, ganz mit diesen Gedanken beschäftigt; ich fand sie allein. »Ich bleibe noch sechs Monate«, sagte ich zu ihr. – »Sie bringen mir diese Nachricht trocken genug.« – »Weil ich, ich gestehe es, die Folgen dieses Aufschubs für uns beide gleich fürchte.« – »Es scheint mir doch, daß diese Folgen für Sie nicht sehr unangenehm sein können.« – »Sie wissen sehr wohl, Ellénore, daß ich mich nie mit mir selbst am meisten beschäftige.« – »Ebensowenig mit dem Glück anderer.« – Das Gespräch hatte einen stürmischen Verlauf genommen. Ellénore fühlte sich durch mein Zögern in einem Augenblick verletzt, in dem ich ihrer Meinung nach ihre Freude hätte teilen sollen; und ich war verletzt, weil sie über meine früheren Entschlüsse gesiegt hatte. Es gab eine heftige Szene; wir brachen in wechselseitige Vorwürfe aus. Ellénore klagte mich an, ich hätte sie betrogen, ich hätte nur eine flüchtige Neigung für sie gefühlt, hätte ihr die Zuneigung des Grafen entfremdet und sie vor den Augen der Welt in jene Lage zurückgedrängt, aus welcher herauszukommen sie sich ihr ganzes Leben bemüht habe. Ich war zornig, als ich sah, daß sie nun alles gegen mich wendete, was ich nur aus Gehorsam gegen sie und aus Furcht, sie zu betrüben, getan hatte. Ich beklagte mich über den Zwang, den ich erduldete, über meine in Untätigkeit sich verzehrende Jugend, über den Despotismus, mit dem sie mein ganzes Handeln beherrschte. Indem ich so sprach, sah ich ihr Gesicht plötzlich von Tränen überströmt; ich hielt inne, begann von neuem, widerrief, erklärte. Wir umarmten uns; aber ein erster Schlag war geführt, die Schranke zum erstenmal durchbrochen. Wir hatten beide Worte ausgesprochen, die nicht wiedergutzumachen waren; wir konnten schweigen, nicht aber sie wieder vergessen. Es gibt Dinge, die man lange nicht sagt; aber wenn sie einmal ausgesprochen sind, wird man sie sich immer wieder vorwerfen.

Wir lebten so vier Monate in einem gezwungenen Verhältnis, manchmal zärtlich zueinander, doch nie vollkommen frei; zwar fanden wir noch Vergnügen aneinander, aber der Zauber war zerstört. Ellénore löste sich jedoch nicht von mir. Nach den lebhaftesten Zwistigkeiten fühlte sie dasselbe Verlangen, mich wiederzusehen, bestimmte sie mit eben der Genauigkeit die Stunde unseres Wiedersehens, als wäre unsere Verbindung die friedlichste und zärtlichste gewesen. Ich habe mir oft gedacht, daß gerade mein Betragen dazu beitrug, Ellénore in diesem Zustand zu erhalten. Hätte ich sie geliebt, wie sie mich liebte, so würde sie mehr Ruhe gewonnen und selbst überlegt haben, welchen Gefahren sie sich aussetzte. Aber alle Umsicht war ihr verhaßt, weil ich umsichtig war. Sie war ohne Maß in ihren Opfern, weil sie all ihre Zeit und all ihre Kraft nur dazu verwendete, mich ihr zu erhalten. Die neuerlich festgesetzte Zeit meiner Abreise rückte heran; und wenn ich daran dachte, fühlte ich zugleich Freude und Trauer, wie jemand, der eine sichere Heilung durch eine schmerzhafte Operation erkaufen soll.

Eines Morgens schrieb mir Ellénore, unverzüglich zu ihr zu kommen. »Der Graf«, sagte sie, »verbietet mir, Sie wiederzusehen! Ich will diesem tyrannischen Befehl nicht gehorchen. Ich bin diesem Menschen in die Verbannung gefolgt, ich habe sein Vermögen gerettet und in allem seinem Vorteil gedient. Er kann mich jetzt entbehren; aber ich, ich kann Sie nicht missen.« Man kann sich leicht denken, wie ich in sie drang, einen Vorsatz aufzugeben, den ich nicht begriff. Ich sprach von der öffentlichen Meinung. »Diese Meinung«, sagte sie, »war mir gegenüber niemals gerecht. Ich erfüllte während zehn Jahren meine Pflichten besser als jede andere Frau, und diese Meinung hat mir dennoch die Stellung verweigert, die ich verdiente.« Ich erinnerte sie an ihre Kinder. – »Meine Kinder sind die des Grafen; er hat sie anerkannt, er wird für sie sorgen. Sie werden nur zu glücklich sein, wenn sie eine Mutter vergessen, mit der sie nur die Schande teilen können.« – Ich wiederholte meine Bitten. »Hören Sie«, sagte sie mir, »wenn ich mit dem Grafen breche, werden Sie sich weigern, mich zu empfangen? Werden Sie mir das verweigern«, wiederholte sie, indem sie meinen Arm mit einer Heftigkeit ergriff, die mich zittern machte. »Gewiß nicht«, erwiderte ich, »und je unglücklicher Sie sind, desto mehr will ich für Sie leben. Aber überlegen Sie . . .« – »Alles ist überlegt«, unterbrach sie mich. »Er wird zurückkommen; gehen Sie jetzt; und kehren Sie nie mehr hierher zurück.«

Ich verbrachte den Rest des Tages in unaussprechlicher Angst. Zwei Tage verflossen, ohne daß ich etwas von Ellénore hörte. Ich litt darunter, daß ich nichts von ihrem Schicksal wußte; ich litt sogar, weil ich sie nicht besuchen konnte, und war über die Qual erstaunt, die diese Entbehrung mir bereitete. Dennoch wünschte ich, sie hätte den Vorsatz, den ich so sehr für sie fürchtete, aufgegeben, und ich begann schon zu hoffen, es sei geschehen, als eine Frau mir ein Briefchen brachte, worin Ellénore mich bat, sie in einer gewissen Gasse, einem gewissen Haus im dritten Stockwerk zu besuchen. Ich eilte hin, noch immer hoffend, sie habe, da sie mich bei Herrn von P*** nicht empfangen konnte, mich an einem anderen Ort ein letztes Mal sprechen wollen. Ich fand sie beschäftigt, sich eine Wohnung einzurichten. Sie kam mir entgegen, zufrieden und schüchtern zugleich, und suchte in meinen Augen den Eindruck abzulesen, den sie hervorbrachte. »Der Bruch ist vollzogen«, sagte sie mir, »und ich bin vollkommen frei. Ich habe aus meinem Vermögen fünfundsiebzig Louisdor Rente, das ist genug für mich. Sie bleiben noch sechs Wochen hier; wenn Sie reisen, werde ich vielleicht in Ihre Nähe kommen können; Sie werden mich vielleicht besuchen kommen«; und als hätte sie meine Antwort gefürchtet, ging sie nun auf eine Menge Einzelheiten dieses Plans ein. Sie suchte mich auf tausenderlei Art zu überreden, daß sie glücklich sein werde, daß sie mir nichts aufgeopfert habe, daß das, was sie getan, ihr auch ganz ohne Rücksicht auf mich das Zuträglichste sei. Es war sichtbar, daß sie sich selber Zwang antat und nur die Hälfte von dem glaubte, was sie sagte. Sie betäubte sich mit ihren eigenen Worten, aus Furcht, die meinen zu hören; sie verlängerte mit großer Lebhaftigkeit ihre Rede, um den Augenblick hinauszuschieben, in dem meine Einwürfe sie in Verzweiflung stürzen könnten. Ich konnte in meinem Herzen auch nicht einen Einwand gegen sie finden. Ich nahm ihr Opfer an, ich dankte ihr, versicherte sie, daß ich glücklich darüber sei: noch viel mehr sagte ich ihr; ich beteuerte, ich hätte immer gewünscht, daß eine unwiderrufliche Entscheidung es mir zur Pflicht mache, sie nie mehr zu verlassen. Ich schrieb meine Unentschlossenheit meinem Taktgefühl zu, das mir verbot, einer gänzlichen Veränderung ihrer Stellung zuzustimmen. Mit einem Wort, ich hatte keinen andern Gedanken, als allen Schmerz, jede Furcht, jede Reue, jede Ungewißheit über meine Empfindung weit von ihr zu jagen. Während ich mit ihr sprach, dachte ich nur an dieses eine, und meine Versprechungen waren aufrichtig.

Fünftes Kapitel

Die Trennung Ellénores von dem Grafen von P*** hatte in der Gesellschaft Folgen, die nicht schwer vorauszusehen waren. Ellénore verlor in einem Augenblick die Früchte zehnjähriger Hingabe und Treue. Man stellte sie nun auf eine Stufe mit den anderen Frauen ihrer Klasse, die sich ohne Bedenken tausend aufeinanderfolgenden Liebesverbindungen hingeben. Weil sie ihre Kinder verlassen hatte, galt sie als Mutter ohne Herz, und die Frauen von untadeligem Ruf wiederholten mit selbstgefälliger Zufriedenheit, daß das Vergessen der wesentlichsten Tugend ihres Geschlechts sich bald auf alle andern Tugenden ausdehne. Zugleich beklagte man sie, um nicht das Vergnügen einzubüßen, mich selbst zu schmähen. Man sah in meinem Betragen das eines Verführers, eines Undankbaren, der die Gastfreundschaft verletzt und, um einer augenblicklichen Laune nachzugeben, den Frieden zweier Personen gestört habe, deren eine er hätte ehren, die andere schonen sollen. Einige Freunde meines Vaters machten mir ernsthafte Vorhaltungen; andere, die weniger frei mit mir zu sprechen gewohnt waren, ließen mich ihre Mißbilligung durch versteckte Anspielungen fühlen. Die jungen Leute zeigten sich hingegen von der Geschicklichkeit bezaubert, mit der ich den Grafen hinters Licht geführt, und unter endlosen Scherzen, die ich vergebens von mir zu weisen versuchte, beglückwünschten sie mich zu meiner Eroberung und gelobten mir, mich nachzuahmen. Ich wüßte nicht zu schildern, was ich durch diese ernsten Vorwürfe und beschämenden Lobsprüche zu leiden hatte. Ich bin überzeugt, daß ich die öffentliche Meinung zu unseren Gunsten gewendet hätte, wenn ich Ellénore wirklich geliebt hätte; so groß ist die Kraft des wahren Gefühls, daß, wenn es sich äußert, alle falschen Auslegungen und jede künstliche Konvention der Gesellschaft verstummen müssen. Aber ich war nur ein schwacher Mensch, dankbar und ihr unterworfen. Kein aus dem Herzen kommender Trieb konnte mich stützen. Ich sprach daher mit Verlegenheit, suchte das Gespräch abzubrechen, und verlängerte es sich, endete ich mit ein paar barschen Worten, die den andern anzeigten, daß ich bereit war, Streit mit ihnen zu beginnen. In der Tat wäre es mir sehr viel lieber gewesen, mich mit ihnen zu schlagen, als ihnen zu antworten.

Ellénore bemerkte bald, daß die öffentliche Meinung sich mit Macht gegen sie kehrte. Zwei Verwandte des Grafen von P***, die er durch sein Ansehen gezwungen hatte, mit ihr zu verkehren, brachen ihre Verbindung mit Ellénore in der aufsehenerregendsten Weise ab, glücklich, sich nun unter dem Schutze strenger Sittlichkeit ihren lange verhehlten mißgünstigen Gesinnungen frei überlassen zu dürfen. Die Männer setzten ihre Besuche fort, aber die Art, mit der sie Ellénore behandelten, hatte eine gewisse Vertraulichkeit, die ihr leicht verriet, daß kein mächtiger Beschützer mehr hinter ihr stand und keine beinahe anerkannte Verbindung sie rechtfertigte. Die einen kamen zu ihr, weil sie, wie sie sagten, sie von jeher gekannt hätten; die andern, weil sie noch schön war und weil der Leichtsinn ihres letzten Schrittes ihnen Hoffnungen gemacht hatte, die sie ihr nicht zu verheimlichen trachteten. Jeder brachte eine Begründung seines Umgangs mit ihr hervor, das heißt, jeder glaubte einer Entschuldigung zu bedürfen. So sah sich die unglückliche Ellénore endgültig in die Lage versetzt, der sie ihr ganzes Leben hindurch hatte entfliehen wollen. Alles traf zusammen, um ihre Seele zu quälen und ihren Stolz zu verwunden. Sie betrachtete das Verlassensein durch die einen als Beweis der Verachtung und die Zudringlichkeit der andern als ein Zeichen irgendeiner beleidigenden Hoffnung. Sie litt unter der Einsamkeit, sie schämte sich ihrer Gesellschaft. Ach, ganz gewiß! Ich hätte sie trösten, ich hätte sie an mein Herz drücken und ihr sagen sollen: »Leben wir einer für den anderen, laß uns die Menschen, die uns verkennen, vergessen, seien wir glücklich, einzig dadurch, daß wir uns achten und lieben.« Ich versuchte es auch; aber was vermag, um eine bereits verlöschende Neigung zu beleben, ein Entschluß, aus Pflicht gefaßt?

Ellénore und ich verstellten uns voreinander. Sie wagte nicht, mir ihre Leiden anzuvertrauen, die von einem Opfer herrührten, das, wie sie wohl wußte, ich nicht verlangt hatte. Ich hatte dieses Opfer angenommen und wagte nicht, mich über das Unglück zu beklagen, das ich vorausgesehen, dem vorzubeugen ich aber nicht die Kraft gehabt hatte. Wir schwiegen daher über den einzigen Gedanken, der uns ununterbrochen beschäftigte. Wir überhäuften uns mit Liebkosungen und sprachen von Liebe; aber wir sprachen von Liebe, weil wir uns fürchteten, von etwas anderem zu reden.

Wenn einmal zwischen zwei Herzen, die sich lieben, ein Geheimnis besteht, wenn einer sich einmal entschließen konnte, dem andern einen einzigen Gedanken zu verbergen, so ist der Zauber gebrochen, die Freude ist zerstört. Zorn, Ungerechtigkeit, selbst Zerstreutheit lassen sich wieder gutmachen, die Verstellung aber bringt in die Liebe ein fremdes Element, das sie im Kern verändert und in ihren eigenen Augen erniedrigt.

Durch mein merkwürdiges und widersprüchliches Verhalten trug ich, während ich mit der heftigsten Entrüstung auch die kleinste Beschuldigung Ellénores zurückwies, durch allgemeine Äußerungen in meinen Gesprächen selbst dazu bei, ihr Unrecht zu tun. Ich hatte mich ihrem Willen unterworfen, die Herrschaft der Frauen aber war mir verhaßt. Ich hörte nicht auf, mich gegen ihre Schwächen, ihre Forderungen, gegen den Despotismus ihrer Klagen zu ereifern. Ich trug die härtesten Grundsätze zur Schau, und derselbe Mensch, der nicht einer Träne widerstehen konnte, der schon der stummen Traurigkeit nachgab, der von dem Bild des Leidens, das er verursacht hatte, verfolgt wurde, auch wenn er sich entfernte, zeigte sich in all seinen Reden voll Verachtung und unerbittlich. All mein Lob, das ich Ellénore öffentlich zollte, zerstörte den Eindruck nicht, den dergleichen Sätze hervorbrachten. Man haßte mich, man bedauerte sie, aber man achtete sie nicht. Man hielt ihr vor, daß sie ihrem Geliebten nicht mehr Achtung für ihr Geschlecht, nicht mehr Ehrfurcht für die Bande des Herzens eingeflößt habe.

Ein Mann, der Ellénore zu besuchen pflegte und ihr

seit ihrem Bruch mit dem Grafen von P*** die heftigste Leidenschaft bekundet hatte, so daß sie sich gezwungen sah, ihn seiner zudringlichen Verfolgungen wegen nicht mehr zu empfangen, erlaubte sich über sie so beleidigende Spöttereien, daß es mir unmöglich schien, sie zu ertragen. Wir duellierten uns; ich verwundete ihn gefährlich und wurde selbst verwundet. Ich bin nicht imstande, die Mischung aus Verwirrung und Entsetzen, Dankbarkeit und Liebe zu beschreiben, die sich auf Ellénores Zügen zeichnete, als sie mich nach dieser Begebenheit wiedersah. Sie zog, meiner Bitten ungeachtet, zu mir; sie verließ mich bis zu meiner Genesung nicht einen Augenblick. Sie las mir während des Tages vor, den größten Teil der Nacht wachte sie an meiner Seite; sie beobachtete meine kleinsten Bewegungen, all meinen Wünschen kam sie zuvor; ihre empfindungsreiche Güte vermehrte ihre Fähigkeiten und verdoppelte ihre Kräfte. Sie versicherte mir unaufhörlich, daß sie mich nicht überlebt haben würde. Ich war von Neigung zu ihr durchdrungen und von inneren Vorwürfen zerrissen. Ich hätte gern in mir etwas gefunden, eine so beständige und zarte Anhänglichkeit zu vergelten: ich rief die Erinnerungen, die Einbildungskraft, die Vernunft selbst und das Gefühl der Pflicht zu Hilfe. Vergebliche Anstrengungen! Die Schwierigkeit der Lage, die Gewißheit, daß die Zukunft uns trennen werde, möglicherweise eine unbestimmt gefühlte Auflehnung gegen eine Verbindung, welche aufzulösen mir unmöglich war, verzehrten mich innerlich. Ich warf mir Undankbarkeit vor und suchte doch, sie vor ihr verborgen zu halten. Ich betrübte mich, wenn sie an einer Liebe zu zweifeln schien, die ihr so unentbehrlich war; ich war nicht weniger traurig, wenn sie an diese Liebe zu glauben schien. Ich fühlte, daß sie besser war als ich; ich verachtete mich, weil ich ihrer nicht wert war. Es ist ein schreckliches Unglück, nicht geliebt zu werden, wenn man liebt; aber es ist auch eine große Last, leidenschaftlich geliebt zu werden, wenn man nicht mehr liebt. Dies Leben, das ich eben für Ellénore aufs Spiel gesetzt hatte, ich hätte es tausendmal gegeben, damit sie ohne mich hätte glücklich sein können.

Die sechs Monate, die mir mein Vater bewilligt hatte, waren vorüber, und man mußte an die Abreise denken. Ellénore widersetzte sich ihr nicht, sie versuchte nicht einmal, sie hinauszuzögern; aber sie nahm mir das Versprechen ab, daß ich nach zwei Monaten zu ihr zurückkehren oder ihr erlauben sollte, sich mir zu nähern. Ich schwor es ihr feierlich. Welche Versprechungen hätte ich nicht in einem Augenblick gegeben, wo ich sah, wie sie gegen sich selbst kämpfte und ihren Schmerz zu bezwingen suchte! Sie hätte von mir verlangen können, sie nicht zu verlassen; ich wußte in der Tiefe meiner Seele, daß ich ihren Tränen nicht hätte widerstehen können. Ich war dankbar, daß sie ihre Macht nicht anwandte; es schien mir, daß ich sie deshalb mehr liebte. Und auch ich selbst trennte mich übrigens nicht ohne lebhaftes Bedauern von einem Menschen, der mir so einzig ergeben war. Verbindungen, denen eine längere Dauer geworden, haben etwas so Tiefes! Sie werden, ohne daß wir es bemerken, ein innerster Teil unseres Daseins! Wir fassen, wenn wir in der Ferne sind, mit Gelassenheit den Vorsatz, sie zu brechen; wir glauben, den Augenblick mit Ungeduld zu erwarten, an dem wir unseren Entschluß wahr machen: doch wenn er herannaht, erfüllt er uns mit Entsetzen; und so sonderbar ist unser elendes Herz, daß wir mit schrecklicher Zerrissenheit diejenigen verlassen, mit denen wir ohne Freude lebten.

Während meiner Abwesenheit schrieb ich Ellénore

regelmäßig. Ich war geteilt zwischen der Befürchtung, daß meine Briefe ihr Verdruß erwecken möchten, und dem Wunsch, ihr nichts als meine wahre Empfindung zu schildern. Ich wünschte, daß sie mich durchschaut hätte, doch sollte sie mich durchschauen, ohne sich zu grämen. Ich beglückwünschte mich, wenn ich das Wort Liebe durch Zuneigung, Freundschaft oder Hingabe zu ersetzen vermocht hatte; aber dann stellte ich mir plötzlich die arme Ellénore vor, wie sie traurig und einsam war und zu ihrem Trost nichts als meine Briefe besaß, und nach zwei kalten, abgezirkelten Seiten ließ ich geschwind einige feurige oder zärtliche Sätze folgen, die geeignet waren, sie aufs neue zu betrügen. Indem ich so nie genug sagte, um ihr Zufriedenheit zu geben, sagte ich doch immer genug, um sie zu täuschen. Seltsame Art der Verlogenheit, deren Erfolg sich gegen mich selbst wandte, meine Qual verlängerte, zugleich mir jedoch unerträglich war!

Ich zählte in ängstlicher Unruhe die Tage, die Stunden, die dahinschwanden. Ich wünschte, den Lauf der Zeit anzuhalten. Ich zitterte, da ich den Zeitpunkt, mein Versprechen zu erfüllen, herbeirücken sah. Ich entdeckte keinen Vorwand zu reisen, ich fand keinen, unter dem sich Ellénore in derselben Stadt wie ich niederlassen konnte. Vielleicht, denn ich muß aufrichtig sein, vielleicht wünschte ich es nicht. Ich verglich mein unabhängiges, ruhiges Leben mit dem Leben voll Überstürzung, verwirrender Unruhe und Qual, zu dem ihre Leidenschaft mich verdammte. Es tat mir so wohl, frei zu sein, das Haus zu verlassen oder zurückzukommen, auszugehen, heimzukehren, ohne daß jemand sich darum kümmerte! Ich ruhte sozusagen in der Gleichgültigkeit anderer von der Mühsal ihrer Liebe aus.

Ich wagte indessen nicht, bei Ellénore den Verdacht

entstehen zu lassen, daß ich auf unsere Pläne am liebsten verzichtet hätte. Sie hatte meinen Briefen entnommen, daß es schwierig für mich wäre, meinen Vater zu verlassen. Sie schrieb mir, sie beginne demzufolge mit den Vorbereitungen zu ihrer Abreise. Lange tat ich nichts gegen ihren Entschluß und sagte nichts Bestimmtes dazu. Ich schrieb ihr nur mit vagen Worten, daß es mir immer eine Freude wäre, sie glücklich zu wissen, und dann: sie glücklich zu machen: traurige Zweideutigkeit, Ausdruck voll Verlegenheit, über dessen Dunkelheit ich seufzte und den klarer zu fassen ich zitterte. Endlich entschloß ich mich, freimütig zu ihr zu sprechen; ich sagte mir, ich sei es ihr schuldig; ich rief mein Gewissen gegen meine Schwäche zu Hilfe. Ich stellte den Gedanken ihrer zukünftigen Ruhe dem Bild ihres jetzigen Schmerzes gegenüber. Mit großen Schritten ging ich im Zimmer auf und nieder und sagte mir laut vor, was ich ihr zu schreiben dachte. Aber kaum hatte ich einige Zeilen aufs Papier geworfen, als meine Stimmung sich änderte. Ich erwog meine Worte nicht mehr nach dem Sinn, den sie enthalten sollten, sondern nach dem Eindruck, den sie unvermeidlich hervorbringen mußten, und als hätte eine übernatürliche Kraft wider meinen Willen meine Hand gelenkt, gab ich ihr nur den Rat, die Reise noch für einige Monate aufzuschieben. Ich hatte nicht gesagt, was ich dachte. Mein Brief war nicht im geringsten aufrichtig. Die Gründe, die ich anführte, waren schwach, weil sie die wahren nicht waren.

Die Antwort von Ellénore war äußerst heftig; sie war empört über meinen Wunsch, sie nicht zu sehen. Was verlangte sie von mir? Unbekannt in meiner Nähe zu leben. Was konnte ich von ihrer Gegenwart an einem verborgenen Zufluchtsort mitten in einer großen Stadt, wo sie jedermann fremd war, befürchten?

Sie hatte mir alles geopfert, ihr Vermögen, die Kinder, ihren Ruf. Sie verlangte für ihre Opfer keinen anderen Lohn, als mich wie eine demütige Sklavin zu erwarten, täglich einige Minuten mit mir zuzubringen und die Augenblicke zu genießen, die ich ihr schenken könnte. Sie hatte sich in zwei Monate der Trennung gefügt, nicht als wäre diese Trennung ihr notwendig erschienen, sonden weil ich sie offenbar wünschte; und nachdem sie nun, peinvoll Tage an Tage reihend, endlich an das Ziel gelangt sei, schlage ich ihr vor, diese lange Qual von neuem zu beginnen. Sie könne sich getäuscht haben, sie könne ihr Leben einem harten, gefühllosen Menschen geschenkt haben; ich sei Herr meines Handelns, aber es stünde nicht in meiner Macht, sie zum Leiden zu zwingen, von dem verlassen, für den sie alles geopfert habe.

Ellénore folgte diesem Brief auf der Stelle. Sie unterrichtete mich von ihrer Ankunft. Ich ging zu ihr mit dem festen Vorsatz, ihr viel Freude zu zeigen; ich war voller Ungeduld, ihr Herz zu beruhigen und ihr wenigstens für den Augenblick Glück und Frieden zu schenken. Aber sie war verletzt; sie prüfte mich mit Mißtrauen: bald erriet sie den Zwang, den ich mir antat. Sie reizte meinen Stolz durch ihre Vorwürfe und beleidigte mich, indem sie meinen Charakter angriff. So elend stellte sie mich in meiner Schwäche dar, daß sie mich noch mehr gegen sie als gegen mich selbst in Zorn entflammte. Eine sinnlose Wut ergriff uns beide, jede Schonung wurde vergessen, und wir setzten uns über jedes Zartgefühl hinweg; man hätte glauben können, wir seien von Furien gegeneinander gehetzt. Alles, was der unversöhnlichste Haß gegen uns ersonnen hatte, warfen wir uns gegenseitig vor, und diese zwei unglücklichen Wesen, die allein auf Erden sich kannten, sich allein Gerechtigkeit zollen, sich verstehen und trösten konnten, schienen zwei unversöhnliche Feinde, gierig, sich zu zerreißen.

Nach einer Szene von drei Stunden trennten wir uns, und zwar das erstemal in unserem Leben ohne Erklärungen und Abbitte. Kaum war ich von Ellénore weggegangen, als der tiefste Schmerz meinem Zorn folgte. Ich fand mich in einer Art Erstarrung und war ganz betäubt von dem, was vorgegangen war. Ich wiederholte mir mit Befremden meine Worte, konnte mein Betragen nicht begreifen und suchte in mir nach der Ursache meiner Verirrung.

Es war sehr spät. Ich wagte nicht, zu Ellénore zurückzugehen. Ich nahm mir vor, des andern Morgens zeitig zu ihr zu gehen, und kehrte in das Haus meines Vaters zurück. Es waren viele Leute dort, und mir wurde es leicht, mich in so zahlreicher Gesellschaft am Rande zu halten und meine Bewegung zu verbergen. Als wir allein waren, sagte mein Vater zu mir: »Man hat mir versichert, daß die ehemalige Geliebte des Grafen von P*** in dieser Stadt sei. Ich habe dir immer große Freiheit gelassen und mich nie um deine Beziehungen gekümmert; aber es schickt sich für dein Alter nicht, vor aller Öffentlichkeit eine Mätresse zu haben, und ich unterrichte dich davon, daß ich Maßregeln getroffen habe, sie von hier zu entfernen.« Nach diesen Worten verließ er mich; ich folgte ihm bis in sein Zimmer, er gab mir ein Zeichen, mich zu entfernen. »Mein Vater«, sagte ich ihm, »Gott ist mein Zeuge, daß ich Ellénore nicht habe kommen lassen. Gott ist mein Zeuge, daß ich sie gerne glücklich wüßte und unter dieser Bedingung bereit wäre, sie auf immer zu verlassen. Bedenken Sie aber wohl, was Sie tun; indem Sie mich von ihr zu trennen glauben, könnten Sie mich mit ihr wohl für immer vereinigen.«

Ich ließ sogleich einen Kammerdiener kommen, der

mich auf meinen Reisen begleitet hatte und meine Verbindung mit Ellénore kannte. Ich trug ihm auf, wenn es möglich wäre, augenblicklich auszukundschaften, was das für Maßregeln seien, von denen mein Vater gesprochen hatte. Er kam nach zwei Stunden zurück. Der Sekretär meines Vaters hatte ihm unter dem Siegel des Geheimnisses anvertraut, daß Ellénore am nächsten Morgen Befehl zur Abreise erhalten würde. »Ellénore verjagt«, rief ich aus, »verjagt mit Schande! Sie, die nur meinetwegen hierherkam, deren Herz ich zerriß und deren Tränen ich ohne Mitleid sah! Wohin soll sie ihr Haupt legen, die Unglückliche, wenn sie allein in einer Welt umherirrt, deren Achtung ich ihr raubte? Wem könnte sie ihr Leid klagen?« – Mein Entschluß war bald gefaßt. Ich gewann den Menschen, der mich bediente, und verschwendete an ihn Geld und Versprechungen. Ich befahl eine Postkutsche für sechs Uhr morgens vor das Stadttor. Ich entwarf tausend Pläne für eine ewige Vereinigung mit Ellénore. Ich liebte sie mehr, als ich sie jemals geliebt, mein ganzes Herz gehörte ihr wieder. Ich war stolz, sie zu beschützen. Ich sehnte mich, sie in meine Arme zu schließen; die Liebe war ganz in meine Seele zurückgekehrt. Kopf, Herz und Sinne brannten mir, mein ganzes Sein war verwandelt; hätte Ellénore in diesem Augenblicke sich von mir trennen wollen, so wäre ich zu ihren Füßen gestorben, um sie zurückzuhalten.

Der Tag brach an. Ich eilte zu Ellénore. Sie war noch nicht aufgestanden, da sie die Nacht im Weinen hingebracht hatte. Ihre Augen waren noch naß und ihre Haare in Unordnung. Sie sah mich mit Verwunderung eintreten. »Komm!« rief ich ihr zu, »wir müssen fort.« Sie wollte etwas erwidern; »wir müssen fort«, sagte ich, »hast du auf der Welt einen andern Beschützer, einen andern Freund als mich? sind meine Arme nicht deine einzige Zuflucht?« Sie sträubte sich noch. »Ich habe wichtige Gründe«, fügte ich hinzu, »Gründe, die mich persönlich betreffen! In des Himmels Namen, folge mir!« Ich zog sie fort. Während der Fahrt überhäufte ich sie mit Liebkosungen, ich drückte sie an mein Herz, ich erwiderte ihre Fragen nur mit Küssen. Endlich sagte ich ihr, daß ich, als ich die Absicht meines Vaters bemerkte, uns zu trennen, lebhaft gefühlt habe, daß ich nicht ohne sie glücklich sein könne; ich wolle ihr mein ganzes Leben weihen und mich durch jedes Band mit ihr vereinigen. Ihre Dankbarkeit kannte zunächst keine Grenzen; aber bald fand sie in meiner Erzählung Widersprüche. Durch unablässiges Fragen entriß sie mir die Wahrheit; ihre Freude verschwand, ihr Gesicht überzog sich wie mit einer dunklen Wolke. »Adolphe«, sagte sie, »Sie betrügen sich selbst. Sie sind großmütig und opfern sich mir auf, weil ich verfolgt werde. Sie glauben Liebe zu fühlen und empfinden nur Mitleid.« Warum sprach sie diese unseligen Worte aus? Ich gab mir alle Mühe, sie zu beruhigen. Es gelang mir vielleicht; aber die Wahrheit hatte meine Seele durchdrungen und ihre Erschütterung wieder vernichtet. Ich war auch jetzt noch entschlossen, das Opfer, das ich bringen wollte, zu bringen. Aber ich war nicht mehr glücklich darüber, und schon wieder war ein Gedanke in mir erwacht, den ich ihr verbergen mußte.

Sechstes Kapitel

Als wir an die Grenze gekommen waren, schrieb ich meinem Vater. Mein Brief war ehrfurchtsvoll, doch hatte er eine gewisse Bitterkeit. Ich wußte ihm wenig Dank dafür, daß er meine Bande, indem er sie zerreißen wollte, nur fester geknüpft hatte. Ich kündigte ihm an, daß ich Ellénore erst dann verlassen würde, wenn sie anständig versorgt wäre und meiner nicht mehr bedürfe. Ich bat ihn, mich nicht zu zwingen, mich ihr auf immer zu verbinden, indem er sie verfolge. Ich erwartete seine Antwort, um über unseren zukünftigen Wohnort entscheiden zu können. »Du bist vierundzwanzig Jahre alt«, antwortete er mir, »und ich will dir gegenüber nicht die väterliche Gewalt geltend machen, die bald zu Ende geht und von der ich auch sonst nie Gebrauch gemacht habe. Ich werde selbst, so weit es mir möglich ist, dein merkwürdiges Verhalten verbergen und das Gerücht verbreiten, du seist auf meinen Befehl und in meinen Geschäften abgereist. Für deine Ausgaben werde ich freigiebig sorgen. Du wirst selbst bald fühlen, daß das Leben, welches du führst, dir nicht zukommt. Deine Geburt, deine Talente wie dein Vermögen bezeichnen dir in der Welt einen anderen Platz, als der Gefährte einer Frau ohne Heimat und ohne Ansehen zu sein. Schon dein Brief beweist mir, daß du mit dir selbst nicht zufrieden bist; denke daran, daß man durch das Ausharren in einer Lage, über die man erröten muß, nichts gewinnt. Du vergeudest unnütz die schönsten Jahre deiner Jugend, und dieser Verlust ist unersetzlich.«

Der Brief meines Vaters durchbohrte mich wie tausend Dolchstiche. Ich hatte mir das, was er mir sagte, selbst hundertmal gesagt. Ich hatte mich hundertmal über mein Leben geschämt, das sich in Dunkelheit und Nichtstun verlor. Mir wäre es lieber gewesen, Drohungen und Vorwürfe von ihm zu erhalten. Widerstand zu leisten, wäre mir ehrenvoll erschienen und ich hätte die Notwendigkeit gefühlt, meine Kräfte zu sammeln, um Ellénore gegen die Gefahren, die sie bedrohten, zu verteidigen. Aber es gab keine Gefahr. Man ließ mir vollkommene Freiheit, und aus dieser Freiheit zog ich keinen anderen Gewinn als das Joch, welches ich selbst zu wählen schien, mit noch größerer Ungeduld zu tragen.

Wir ließen uns in Caden, einer kleinen Stadt in Böhmen, nieder. Ich sagte mir immer wieder, daß ich, weil ich die Verantwortung für Ellénores Schicksal auf mich genommen, auch dafür sorgen müsse, daß sie nicht leide. Es gelang mir, mich zu bezwingen. Ich verschloß auch das kleinste Zeichen der Unzufriedenheit in meinem Innern und wandte alle Fähigkeiten meines Geistes auf, mir eine künstliche Heiterkeit zu erwerben, die meine tiefe Traurigkeit verschleiern könnte. Diese Anstrengung war für mich selbst von unerwarteten Folgen. Wir sind so wandelbare Geschöpfe, daß selbst die Empfindungen, die wir heucheln, schließlich die unsrigen werden. Ich vergaß großenteils den Verdruß, den ich nur verbergen wollte. Mein fortwährendes Scherzen verscheuchte meine eigene Melancholie, und die Versicherungen zärtlicher Hingabe, womit ich Ellénore unterhielt, verbreiteten in meinem Innern eine süße Rührung, die fast der Liebe glich.

Von Zeit zu Zeit bestürmten mich unangenehme Erinnerungen. Ich überließ mich, wenn ich allein war, ungeduldigen Ausbrüchen. Ich dachte mir die sonderbarsten Pläne aus, um plötzlich aus dem Kreis zu fliehen, in dem ich mich nicht an meinem wahren Platz fand. Ich stieß aber derlei Gedanken wie böse Träume von mir. Ellénore schien glücklich, konnte ich ihre Freude trüben? Beinahe fünf Monate gingen auf diese Weise hin.

Eines Tages bemerkte ich, daß Ellénore bewegt war und sich bemühte, mir etwas zu verschweigen, was sie beschäftigte. Nach langen Bitten von meiner Seite nahm sie mir das Versprechen ab, mich ihrem Entschluß nicht zu widersetzen, und gestand mir, daß der Graf von P*** ihr geschrieben habe. Sein Prozeß war gewonnen. Er erinnerte sich mit Dankbarkeit der Dienste, die sie ihm geleistet hatte, und ihrer zehnjährigen Verbindung. Er bot ihr die Hälfte seines Vermögens an, nicht in der Absicht, sich wieder mit ihr zu verbinden, was nicht mehr möglich war, sondern unter der Bedingung, daß sie den undankbaren, treulosen Menschen verlasse, der sie beide voneinander getrennt hatte. »Ich habe geantwortet«, sagte sie, »und Sie erraten leicht, daß ich den Antrag ausschlug.« Ich hatte es nur zu gut erraten. Ich war gerührt, aber auch in Verzweiflung über das neue Opfer, das mir Ellénore brachte. Ich wagte jedoch nicht, Einwendungen zu machen. Alle derartigen Versuche waren immer so fruchtlos gewesen! Ich entfernte mich, um über das, was ich nun zu tun hätte, nachzudenken. Es war mir klar, daß unsere Verbindung ein Ende haben mußte. Sie war für mich schmerzlich, für sie aber begann sie, Schaden zu bringen. Ich war das einzige Hindernis für eine Rückkehr zu einer angemessenen gesellschaftlichen Stellung und zu Ansehen und Achtung, die früher oder später dem Wohlstand folgen. Ich war die einzige Schranke zwischen ihr und ihren Kindern. Ich fand nun vor meinen eigenen Augen keine Entschuldigung mehr. Ihr auch unter diesen Umständen nachzugeben, war nicht mehr Großmut, sondern schuldvolle Schwäche. Ich hatte meinem Vater versprochen, mich freizumachen, sobald Ellénore meiner nicht mehr bedürfe. Es war endlich Zeit, mich meiner Laufbahn zu widmen, ein tätiges Leben zu beginnen, mir die Achtung der Menschen zu verdienen und von meinen Talenten einen edlen Gebrauch zu machen. Ich kehrte zu Ellénore zurück und glaubte mich unerschütterlich in dem Entschluß, sie zu zwingen, das Anerbieten des Grafen nicht auszuschlagen, und ihr, wenn es sein müßte, zu erklären, daß ich sie nicht mehr liebe. »Liebe Freundin«, sagte ich zu ihr, »man kämpft einige Zeit gegen sein Schicksal, aber schließlich schickt man sich immer darein. Die Gesetze der Gesellschaft sind stärker als der Wille der Menschen; die mächtigsten Gefühle zerbrechen endlich an der Macht der Verhältnisse, die uns beherrschen. Vergebens ist man entschlossen, nur sein Herz zu Rate zu ziehen; früher oder später muß man der Vernunft Gehör leihen. Ich kann Sie nicht länger in einer Lage zurückhalten, die für Sie wie für mich unwürdig ist; ich kann es nicht, weder mit Rücksicht auf Sie, noch mit Rücksicht auf mich.« Je weiter ich nun, ohne Ellénore anzusehen, zu reden fortfuhr, desto unbestimmter fühlte ich meine Gedanken, desto schwankender wurde mein Vorsatz. Ich wollte aufs neue meine Kräfte sammeln und fuhr, meine Worte überstürzend, fort: »Ich werde immer Ihr Freund bleiben, ich werde für Sie immer die tiefste Zuneigung empfinden; die zwei Jahre unserer Verbindung werden nie aus meiner Erinnerung schwinden; sie werden für immer der schönste Zeitraum meines Leben sein. Aber Liebe, diesen Überschwang der Sinne, diese willenlose Trunkenheit, dieses Vergessen aller egoistischen Regungen und aller Pflichten, Ellénore, ich fühle sie nicht mehr.« Ich wartete lange auf ihre Antwort, ohne die Augen zu ihr aufzuschlagen. Als ich sie endlich anblickte, stand sie unbeweglich, und sie betrachtete die Gegenstände um sich, als sähe sie sie nicht. Ich nahm ihre Hand, sie war kalt. Sie stieß mich zurück. »Was wollen Sie?« rief sie mir zu; »bin ich nicht allein? allein in der Welt, ohne ein Wesen, das mich versteht! Was haben Sie mir noch zu sagen? Sagten Sie mir nicht schon alles? Ist nicht alles vorüber, vorüber für immer? Verlassen Sie mich! Denn das ist es doch, was Sie wünschen.« Sie wollte sich entfernen, sie schwankte; ich versuchte sie zu halten, sie fiel ohne Bewußtsein vor meinen Füßen nieder. Ich hob sie empor, ich umarmte und küßte sie, ich brachte sie wieder zu sich. »Ellénore!« rief ich aus, »kommen Sie zu sich, kommen Sie mir zurück! Ich liebe Sie mit der zärtlichsten Liebe! Ich habe Sie getäuscht, damit Sie in Ihrer Wahl freier sein sollten.« Unverständliche Leichtgläubigkeit des Herzens! Diese einfachen Worte, von so vielen, die vorausgegangen, Lügen gestraft, gaben Ellénore das Leben und das Vertrauen zurück. Sie ließ mich diese Worte mehrmals wiederholen und schien sie mit Begierde einzuatmen. Sie glaubte mir, sie berauschte sich in ihrer Liebe, die sie für die unsere hielt; sie bestätigte ihre Antwort an den Grafen von P***, und ich sah mich gebunden, mehr als jemals zuvor.

Drei Monate später zeigte sich neuerdings die Möglichkeit einer Veränderung in Ellénores Verhältnissen. Ein politischer Umschwung, wie er in einer Republik, die von Parteikämpfen in Unruhe gehalten wird, alltäglich ist, rief ihren Vater nach Polen und in den Besitz seiner Güter zurück. Zwar kannte dieser seine Tochter kaum, die von ihrer Mutter in einem Alter von drei Jahren nach Frankreich mitgenommen worden war, doch wünschte er, sie um sich zu haben. Die Nachricht von Ellénores Schicksalen war ihm in Rußland, wo er sich während seiner ganzen Verbannung aufgehalten, nur unbestimmt und gerüchteweise bekannt geworden. Ellénore war sein einziges Kind; er fürchtete das einsame, abgeschiedene Leben; er wollte betreut werden, wünschte nichts, als den Aufenthalt seiner Tochter zu entdecken, und als er ihn in Erfahrung gebracht, lud er sie dringend ein, zu ihm zu kommen. Sie konnte für einen Vater, den gesehen zu haben sie sich nicht erinnerte, keine wahre Anhänglichkeit fühlen. Dennoch fühlte sie, daß es ihre Pflicht sei zu gehorchen. Auf diese Weise sicherte sie ihren Kindern ein großes Vermögen und nahm wieder den gesellschaftlichen Rang ein, den das Unglück und ihre Lebensart ihr geraubt hatten. Sie erklärte mir aber bestimmt, sie würde nicht nach Polen gehen, wenn ich sie nicht begleitete. »Ich bin nicht mehr in dem Alter«, sagte sie, »wo sich das Herz neuen Eindrücken öffnet. Mein Vater ist für mich ein Unbekannter; bleibe ich hier, so werden ihn andere mit zuvorkommender Bereitwilligkeit umgeben, und er wird ebenso glücklich sein; meine Kinder aber werden das Vermögen des Grafen von P*** erhalten. Ich weiß wohl, daß mich alle tadeln werden; ich werde als eine undankbare Tochter und als eine an Gefühl arme Mutter gelten; aber ich habe zu viel gelitten. Ich bin nicht mehr so jung, daß die Meinung der Welt für mich von großem Gewicht sein könnte; und wenn mein Entschluß hart ausfällt, so müssen Sie sich, Adolphe, allein den Vorwurf machen. Wenn ich mir über Sie Illusionen machen könnte, so würde ich vielleicht in eine Trennung einwilligen, deren Schmerz durch die Aussicht auf eine schöne und dauernde Vereinigung gemildert wäre; aber Sie verlangen nichts Besseres, als mich zweihundert Meilen entfernt, zufrieden und ruhig, im Schoße meiner Angehörigen und des Wohlstands zu wissen. Sie würden mir hierüber recht verständige Briefe schreiben, die ich im voraus schon kenne; Sie würden mein Herz zerreißen; dem will ich mich nicht aussetzen. Ich habe nicht den Trost, mir sagen zu können, daß ich Ihnen durch das Opfer meines ganzen Lebens die Empfindung eingeflößt hätte, die ich verdiene; dennoch, Sie haben es angenommen, dieses Opfer! Ich leide bereits genug unter der Kälte Ihres Betragens und der Trockenheit unserer Beziehungen; ich füge mich in diese Leiden, die Sie mir aufladen; ich will aber nicht freiwillig neue auf mich nehmen.«

Es lag in der Stimme und dem Ton Ellénores etwas Herbes und Gewaltsames, das mehr einen festen Entschluß als eine tiefe oder ergreifende Gemütsbewegung verriet. Seit einiger Zeit zürnte sie im voraus, wenn sie etwas von mir verlangte, als hätte ich es ihr bereits abgeschlagen. Sie gebot über mein Handeln, aber sie wußte, daß mein Urteil dazu im Widerspruch stand. Sie wäre gern in das innerste Heiligtum meiner Gedanken eingedrungen, um dort den dunkel geahnten Widerstand zu vernichten, der sie gegen mich empörte. Ich stellte ihr meine Lage, den Wunsch meines Vaters, mein eigenes Hoffen dar; ich bat sie, ich ereiferte mich. Ellénore blieb unerschütterlich. Ich wollte ihren Großmut wecken, als wäre die Liebe nicht das egoistischste aller Gefühle und deshalb, wenn es beleidigt wird, das am wenigsten großmütige. Ich machte den lächerlichen Versuch, sie nachgiebig zu stimmen, indem ich ihr schilderte, wie unglücklich ich wäre, wenn ich bei ihr bliebe; ich bewirkte nichts als noch größeren Zorn. Ich versprach ihr, sie in Polen zu besuchen, sie sah aber in meinen Versprechungen ohne Wärme und Hingabe nur das ungeduldige Verlangen, sie zu verlassen.

Das erste Jahr unseres Aufenthalts in Caden war zu Ende gegangen, ohne daß sich etwas an unserer Lage geändert hätte. Sah mich Ellénore düster und niedergeschlagen, so betrübte sie sich anfangs, zeigte sich später verletzt und entriß mir durch ihre Vorwürfe das Geständnis der Ermüdung, das ich gerne zurückgehalten hätte. Ich war meinerseits, wenn Ellénore zufrieden schien, erbost, sie einen Zustand genießen zu sehen, der mich mein Glück kostete, und ich störte sie in dieser kurzen Freude durch Äußerungen, die sie über das aufklärten, was ich in meinem Innern empfand. Wir griffen uns daher wechselseitig mit Anspielungen an, um hierauf in allgemeine Entschuldigungen und nichtssagende Rechtfertigungen auszuweichen und dann in unser Stillschweigen zurückzusinken. Wir wußten nämlich gegenseitig so gut, was wir uns sagen würden, daß wir schwiegen, um es nicht zu hören. Oft war einer von uns bereit nachzugeben, aber wir verfehlten den günstigen Augenblick der Annäherung. Unsere mißtrauischen und verwundeten Herzen begegneten sich nicht mehr.

Ich fragte mich oft, warum ich in einem so qualvollen Zustand ausharrte, und antwortete mir dann, daß Ellénore mir folgen würde, wenn ich sie verließe, und daß ich dann ein neues Opfer herbeigeführt hätte. Ich sagte mir schließlich, daß ich sie ein letztes Mal zufriedenstellen müsse und daß sie dann nichts mehr verlangen könne, wenn ich sie in den Schoß ihrer Familie zurückgebracht habe. Eben wollte ich ihr vorschlagen, sie nach Polen zu begleiten, als sie die Nachricht erhielt, ihr Vater sei plötzlich gestorben. Er hatte sie zur einzigen Erbin eingesetzt; diesem Testament aber standen aus späteren Briefen widersprechende Aussagen entgegen, die entfernte Verwandte geltend zu machen drohten. Trotz der geringen Bindung, die zwischen Ellénore und ihrem Vater bestanden hatte, war sie von seinem Tod auf das schmerzlichste betroffen. Sie warf sich vor, ihn verlassen zu haben; bald klagte sie mich als die Ursache ihres Vergehens an. »Sie haben mich«, sagte sie, »an der Erfüllung einer heiligen Pflicht gehindert. Jetzt handelt es sich nur um mein Vermögen, dieses werde ich Ihnen weit leichter opfern. Aber ich werde nicht allein in ein Land gehen, wo ich nur Feinden begegnen kann.« – »Ich wollte Sie nicht«, erwiderte ich, »von irgendeiner Pflicht abhalten. Doch ich gestehe, ich hätte gewünscht, Sie hätten in Erwägung gezogen, daß auch ich es schmerzlich fand, gegen die meinigen zu fehlen; Gerechtigkeit konnte ich indessen von Ihnen nicht erhalten. Ich gebe mich überwunden, Ellénore; alle anderen Überlegungen müssen Ihren Interessen nachstehen. Wir reisen gemeinsam, sobald es Ihnen gefällt.«

Wir machten uns wirklich auf den Weg. Die Zerstreuungen der Reise, das Neue, das uns begegnete, die Beherrschung, die wir uns abverlangten, ließen uns von Zeit zu Zeit etwas von der ehemaligen Vertraulichkeit zurückgewinnen. Die lange Gewohnheit des Beisammenseins, so vielfältige Ereignisse, die wir miteinander durchlebt hatten, hatten an jedes Wort, beinahe an jede Bewegung Erinnerungen geknüpft, die uns plötzlich in die Vergangenheit zurückführten und uns unwillkürlich mit Rührung erfüllten, wie Blitze die Nacht durchzucken, ohne sie zu verscheuchen. Wir lebten sozusagen aus einer Art Erinnerung des Herzens, die mächtig genug war, um uns den Gedanken der Trennung schmerzlich, zu schwach jedoch, um uns in unserer Vereinigung glücklich zu machen. Ich gab mich diesen rührenden Gefühlen hin, um mich von dem Zwang, der zu meinem Leben gehörte, auszuruhen. Ich hätte Ellénore gerne Beweise der Zärtlichkeit gegeben, die sie befriedigt hätten. Manchmal nahm ich mit ihr die Sprache der Liebe wieder auf: aber meine Gefühle und diese Sprache glichen jenen blassen, farblosen Blättern, die die letzte, hinschwindende Lebenskraft eines entwurzelten Baumes matt aus seinen Zweigen hervortreibt.

Siebtes Kapitel

Ellénore erlangte gleich nach ihrer Ankunft, in den Genuß der Güter gesetzt zu werden, die man ihr streitig machte, unter der Bedingung, vor Beendigung des Prozesses nicht darüber zu verfügen. Sie richtete sich in einem Gut ihres Vaters ein. Mein Vater, der in seinen Briefen nie eine Frage direkt mit mir erörterte, begnügte sich, sie mit spitzen Bemerkungen anzufüllen. »Du hattest mir angekündigt«, schrieb er, »daß du nicht reisen würdest, und mir weitläufig die Gründe, die dich zu bleiben nötigten, entwickelt. Ich war daher ganz überzeugt, du würdest reisen; ich kann dich nur beklagen, daß du bei deinem Streben nach Unabhängigkeit immer das tust, was du nicht willst. Im übrigen urteile ich nicht über eine Lage, die mir nur unvollkommen bekannt ist. Bis jetzt hielt ich dich für den Beschützer von Ellénore, und insofern war in deinem Verhalten etwas Edles, das deinen Charakter adelte, gleichviel, an welche Frau du dich bandest. Jetzt aber ist deine Lage nicht mehr dieselbe. Nicht mehr du nimmst sie in deinen Schutz, sondern sie dich. Du lebst bei ihr; du bist ein Fremder, den sie in ihre Familie einführt. Ich will mich über deine Lage, die du selbst wähltest, nicht äußern; allein da sie ihr Unangenehmes haben kann, so möchte ich dieses, so sehr es mir möglich ist, vermindern. Ich schreibe dem Baron von T***, unserem Gesandten in dem Lande, wo du dich aufhältst, um dich ihm zu empfehlen. Ich weiß nicht, ob es dir gefällt, von dieser Empfehlung Gebrauch zu machen; sieh darin nichts weiter als einen Beweis meines Strebens, dir nützlich zu sein, keineswegs aber einen Angriff auf deine Unabhängigkeit, die du immer mit Erfolg gegen deinen Vater zu verteidigen wußtest.«

Ich unterdrückte die Gedanken, die diese Sprache in mir wachrief. Das Landgut, das ich mit Ellénore bewohnte, lag in der Nähe von Warschau. Ich ging in diese Stadt, Baron von T*** zu sprechen. Er empfing mich freundschaftlich und fragte mich nach den Gründen meines Aufenthaltes in Polen und nach meinen Plänen. Ich war um die Antwort verlegen. Nach einigen Minuten einer verlegen stockenden Unterredung sagte er: »Ich will aufrichtig mit Ihnen sprechen. Ich kenne die Gründe, die Sie in dies Land führten; Ihr Vater hat sie mir eröffnet; und ich darf Ihnen sogar sagen, daß ich diese Gründe begreife. Es gibt keinen Mann, der nicht einmal in seinem Leben sich qualvoll zerrissen fühlte zwischen dem Wunsch, eine ihm nicht mehr zusagende Verbindung zu brechen, und der Furcht, eine Frau zu betrüben, die er geliebt hat. Die Unerfahrenheit der Jugend bewirkt, daß man sich die Schwierigkeit einer solchen Lage um vieles vergrößert. Man gefällt sich darin, an die Wahrheit all der Beteuerungen des Schmerzes zu glauben, die dem schwachen und leicht sich ereifernden Geschlecht das ersetzen müssen, was ihm an Stärke und Vernunftgründen abgeht. Das Herz leidet darunter, aber die Eigenliebe fühlt sich geschmeichelt, und der Mann, der aufrichtig glaubt, sich der Verzweiflung zu opfern, die er hervorbrachte, opfert sich im Grunde nur den Täuschungen seiner eigenen Eitelkeit. Nicht eine dieser leidenschaftlichen Frauen, deren die Welt voll ist, unterließ es zu beteuern, daß sie sterben müsse, wenn man sie verlasse; aber da ist nicht eine, die nicht noch am Leben wäre und sich getröstet hätte.« Ich wollte ihn unterbrechen. »Verzeihen Sie mir, mein junger Freund«, sagte er, »wenn ich mich zu wenig schonungsvoll ausdrücke; aber das Gute, das man mir von Ihnen sagte, die Talente, die Sie zeigen, die politische

Laufbahn, die Sie einschlagen sollten, all das gebietet mir, Ihnen nichts zu verbergen. Ich lese in Ihrer Seele, gegen Ihren Willen und besser als Sie. Die Frau, die Sie beherrscht und hinter sich herschleppt, Sie lieben sie nicht mehr. Liebten Sie sie noch, so würde ich Sie nicht hier bei mir sehen. Sie wußten, daß Ihr Vater mir geschrieben hatte; Sie konnten leicht erraten, was ich Ihnen zu sagen hätte. Aus meinem Munde zu vernehmen, was Sie sich selbst häufig, jedoch fruchtlos wiederholten, hat Sie nicht zornig gemacht. Ellénores Ruf ist keineswegs makellos . . .« – »Beenden wir, wenn ich bitten darf«, sagte ich, »eine fruchtlose Unterhaltung. Unglückliche Umstände konnten über die ersten Jahre Ellénores gebieten. Man kann sie aufgrund des falschen Scheins ungünstig beurteilen; ich kenne sie aber seit drei Jahren, und es gibt auf Erden kein erhabneres Gemüt, keinen edleren Charakter, kein reineres und großmütigeres Herz.« – »Wie Sie wollen«, erwiderte er, »dies sind aber Nuancen, welche die Gesellschaft nicht ergründet; die Tatsachen aber sind nicht abzustreiten und öffentlich anerkannt; indem Sie mich hindern wollen, sie aufzuzählen, glauben Sie, Sie könnten sie aus der Welt schaffen? Hören Sie«, fuhr er fort, »man muß in dieser Welt wissen, was man will. Sie werden doch Ellénore nicht heiraten?« – »Nein! gewiß nicht«, rief ich aus, »sie selbst hat es nie gewünscht.« – »Was wollen Sie also unternehmen? Sie ist zehn Jahre älter als Sie; Sie sind sechsundzwanzig und werden sie noch zehn Jahre umsorgen. Dann ist sie alt. Sie selbst stehen in der Mitte des Lebens, haben weder etwas begonnen noch vollbracht, was Sie befriedigt. Überdruß wird sich Ihrer bemächtigen, sie wird launenhaft sein. Sie wird Ihnen mit jedem Tag lästiger werden, ihr aber werden Sie mit jedem Tag unentbehrlicher sein; und das Ergebnis Ihres durch hohe Geburt, durch ein glänzendes Vermögen und treffliche Talente ausgezeichneten Lebens wird darin bestehen, in einem Winkel Polens dahinzuvegetieren, von Ihren Freunden vergessen, verloren für den Ruhm und von einer Frau gequält, die nie mit Ihnen zufrieden sein wird, was Sie auch tun mögen. Ich füge nur noch ein Wort hinzu, und wir werden nie mehr auf einen Gegenstand zurückkommen, der Sie verlegen macht; alle Wege stehen Ihnen offen, die Wissenschaften, die Waffen, die Verwaltung; Sie können auf die glänzendsten Verbindungen Anspruch erheben, Sie sind für die höchsten Ziele geschaffen, aber bedenken Sie, zwischen Ihnen und jedwedem Erfolg liegt ein unübersteigbares Hindernis, und dies Hindernis ist Ellénore.« – »Ich glaubte es Ihnen schuldig zu sein, mein Herr«, erwiderte ich, »Sie ohne Unterbrechung anzuhören; aber ich bin es auch mir schuldig, Ihnen zu erklären, daß Sie mich nicht wanken gemacht haben. Kein Mensch außer mir, ich wiederhole es, kann Ellénore beurteilen. Keiner durchdringt wie ich die Wahrheit ihrer Empfindung, die Tiefe ihres Gefühls. Solange sie meiner bedarf, werde ich sie nicht verlassen. Kein Erfolg könnte mich darüber trösten, sie unglücklich zurückgelassen zu haben, und müßte ich mein ganzes Leben darauf beschränken, ihre Stütze zu sein, sie in ihren Leiden aufrecht zu halten, sie mit meiner Neigung schützend gegen die Ungerechtigkeit der Welt, die sie verkennt, zu umgeben, so würde ich nicht glauben, unnütz gelebt zu haben.«

Ich ging mit diesen Worten. Aber wer kann mir die Unbeständigkeit des Gefühls erklären, das mir diese Worte zwar eingegeben, aber schon wieder erloschen war, ehe ich sie ganz geendet hatte? Ich kehrte zu Fuß zurück, weil ich den Augenblick hinausschieben wollte, in dem ich Ellénore wiedersähe, die ich eben noch verteidigt hatte. Ich durchquerte rasch die Stadt; denn es drängte mich, allein zu sein.

Als ich das freie Feld erreicht hatte, verzögerte ich meine Schritte, und tausend Gedanken bestürmten mich. Diese unheilvollen Worte: »Zwischen Ihnen und jedwedem Erfolg liegt ein unübersteigbares Hindernis, und dies Hindernis ist Ellénore« kamen mir immer wieder in den Sinn. Ich warf einen langen, traurigen Blick auf die schon unwiederbringlich verlorene Zeit zurück. Ich rief mir die Hoffnungen meiner Jugend und das Selbstvertrauen zurück, womit ich einst glaubte, der Zukunft gebieten zu können, die Lobsprüche, die meinen ersten Versuchen geschenkt worden waren, die Morgenröte des Ruhms, die ich aufleuchten und wieder erlöschen sah. Ich wiederholte mir die Namen mehrerer meiner Studienkameraden, die ich mit stolzer Verachtung behandelt hatte und die einzig durch das Ergebnis eines hartnäckigen Fleißes und eines regelmäßigen Lebens mich auf dem Weg zu Glück, Achtung und Ehre weit hinter sich gelassen hatten. Meine Untätigkeit drückte mich nieder. Wie sich die Geizigen in den Schätzen, die sie zusammenscharren, alle Güter vorstellen, die sie sich damit verschaffen könnten, so sah ich in Ellénore nun den Raub aller Erfolge, auf die ich hätte Anspruch erheben können. Nicht eine Bahn des Glücks nur, nein alle denkbaren, weil ich keine versucht hatte, bedauerte ich verloren zu haben. Da ich meine Kräfte nie erprobt hatte, glaubte ich sie ohne Grenzen, und ich verwünschte sie; denn ich wollte, die Natur hätte mich schwach und mittelmäßig geschaffen, damit ich meine freiwillige Herabsetzung nicht hätte bereuen müssen. Jedes Lob, jede Anerkennung meines Geistes oder meiner Kenntnisse schien mir ein unerträglicher Vorwurf. Ich glaubte, die kraftvollen Arme eines Athleten rühmen zu hören, der in der Tiefe eines Kerkers mit Eisen beschwert liegt. Wollte ich wieder Vertrauen zu mir selbst fassen und mir sagen, daß die Zeit des Handelns noch nicht vorüber sei, so stieg das Bild Ellénores vor mir wie ein Gespenst auf und stieß mich in das Nichts zurück. Es ergriff mich ein Anfall von Wut gegen sie; diese Wut aber verminderte sonderbarerweise nicht im geringsten das Entsetzen, das mir der Gedanke einflößte, sie zu betrüben.

Meine Seele war durch diese bitteren Gefühle beschwert und suchte plötzlich in entgegengesetzten Empfindungen ihre Zuflucht. Eine von Baron von T*** vielleicht nur zufällig eingeworfene Bemerkung über die Möglichkeit einer stillen, friedlichen Verbindung veranlaßten mich, mir das Ideal einer Gefährtin meines Lebens zu entwerfen. Ich erwog die Ruhe, die Achtung, sogar die Unabhängigkeit, die mir ein solches Los versprach; denn die Bande, die ich nun schon so lange mit mir schleppte, machten mich tausendmal abhängiger, als es eine rechtmäßige, von allen geachtete Verbindung vermocht hätte. Ich dachte an die Freude meines Vaters. Ich verspürte eine unruhige Sehnsucht, in meinem Vaterland und in der Gesellschaft, der ich angehörte, die Stelle, die mir gebührte, wieder einzunehmen. Ich stellte mir vor, wie ich den Urteilen, die eine kalte und leichtfertige Bosheit über mich gefällt hatte, und allen Vorwürfen, mit denen mich Ellénore überhäufte, eine ernste, untadelige Lebensweise entgegensetzen würde.

»Sie klagt mich immerzu an«, sagte ich, »grausam, undankbar und ohne Mitleid zu sein. O hätte mir der Himmel eine Frau gegeben, zu der ich mich bekennen könnte, ohne die Konvention zu verletzen, und die mein Vater als Tochter aufzunehmen nicht erröten müßte; ich würde mich tausendmal glücklich geschätzt haben, sie glücklich zu machen. Meine Empfindsamkeit, die man verkennt, weil sie leidend und gedrückt ist, diese Empfindsamkeit, deren Beweise man gebieterisch verlangt, die aber mein Herz der zornigen Drohung verweigert, wie süß wäre es, mich ihr neben einem geliebten Wesen zu überlassen, der Gefährtin eines geregelten und geachteten Lebens. Was tat ich nicht alles für Ellénore? Ich verließ Vaterland und Verwandte, ich habe ihretwillen das Herz eines alten Vaters gekränkt, der fern von mir noch immer seufzt; ihretwegen bin ich in diesem Lande, wo meine Jugend einsam, ohne Ehre, ruhmlos und ohne Freude entschwindet. So viele Opfer, ohne Verpflichtung und ohne Liebe dargebracht, beweisen sie nicht, zu was Pflicht und Liebe mich befähigen könnten? Wenn ich so sehr den Schmerz einer Frau fürchte, die mich nur durch ihren Schmerz beherrscht, mit welcher Sorge würde ich die leiseste Kränkung, jedes Leiden von der fernhalten, der ich mich öffentlich ohne Reue und ohne inneren Vorbehalt hingeben könnte! Wie verschieden von dem, der ich jetzt bin, würde man mich dann sehen! Wie schnell würde diese Bitterkeit, die man mir jetzt wie ein Verbrechen vorhält, weil man ihren Ursprung nicht kennt, weit von mir fliehen! Wie dankbar wäre ich dem Himmel und wie wohlwollend gegenüber den Menschen!«

Indem ich so sprach, füllten sich meine Augen mit Tränen, tausend Erinnerungen strömten in meine Seele. Meine Verbindung mit Ellénore hatte mir all diese Erinnerungen verhaßt gemacht. Alles, was mir meine Kindheit zurückrief, die Orte, wo meine ersten Jahre dahingeflossen, die Gefährten meiner ersten Spiele, die Großeltern, die mich mit Liebkosungen überhäuften, alles verwundete mich und tat mir weh. Ich war gezwungen, die anziehendsten Bilder und die natürlichsten Wünsche wie schuldvolle Gedanken von mir zu jagen. Die Gefährtin aber, die meiner Einbildungskraft so unvermittelt entsprungen war, verband sich mit all diesen Bildern, billigte all diese Wünsche; sie war mit meinen Pflichten vereinbar, mit all meinen Freuden und meinen Neigungen. Sie verknüpfte mein gegenwärtiges Leben mit meiner Jugend, wo die Hoffnung eine weite Zukunft vor mir aufschloß, eine Zeit, von der mich Ellénore abgeschnitten hatte, so als hätte sie einen Abgrund zwischen die Gegenwart und Vergangenheit gelegt. Die kleinsten Einzelheiten, die kleinsten Gegenstände kamen meiner Erinnerung zurück. Ich sah das alte Schloß, das ich mit meinem Vater bewohnt hatte, die Wälder, von denen es umgeben war, den Bach, der am Fuß seiner Mauern dahinfloß, die Berge, die seinen Horizont begrenzten. Alle diese Dinge wurden mir so gegenwärtig und waren mir so lebendig, daß mich ein Zittern ergriff, das ich kaum ertragen konnte, und meine Phantasie stellte ein unschuldiges, junges Geschöpf neben sie, das sie schöner machte und mit Hoffnung beseelte. In diese Träumereien versunken, irrte ich immer noch, ohne einen festen Plan zu fassen, umher; ich sagte mir dabei keineswegs, daß ich mit Ellénore brechen müsse, da ich von der Wirklichkeit nur eine gedämpfte, verworrene Vorstellung hatte und mich in dem Zustand eines von der Sorge niedergedrückten Menschen befand, den der Schlaf mit einem Traum getröstet hat und der vorausahnt, daß dieser bald entschwinden wird. Plötzlich sah ich das Schloß Ellénores, dem ich mich, ohne es zu bemerken, genähert hatte. Ich blieb stehen, schlug einen andern Weg ein, glücklich, den Augenblick, an dem ich wieder ihre Stimme hören würde, hinauszuzögern.

Der Tag fing an, sich zu neigen. Der Himmel war

heiter, die Felder lagen verlassen, die Menschen hatten ihre Arbeit beendet und überließen die Natur sich selbst. Meine Gedanken nahmen nach und nach einen ernsteren und würdigeren Charakter an. Die Schatten der Nacht, die sich jeden Augenblick tiefer senkten, die weite Stille, die mich umgab und nur von seltenen entfernten Lauten unterbrochen wurde, ließen auf meine Erregung sanftere und feierlichere Empfindungen folgen. Ich hob meine Blicke zu dem grauen Horizont auf, dessen Begrenzung ich nicht mehr wahrnehmen konnte und der deshalb gewissermaßen die Empfindung der Unendlichkeit in mir erwachen ließ. Ich hatte seit langem nichts dergleichen empfunden. Immer nur in Überlegungen versunken, die mich selbst betrafen, den Blick immer nur auf meine Lage geheftet, war ich jeder allgemeinen Idee entfremdet. Ich hatte mich immer nur mit Ellénore und mit mir selbst beschäftigt; mit Ellénore, die mir nur Überdruß und Mitleid einflößte, mit mir, für den ich keine Achtung mehr fühlte. Ich hatte mich sozusagen zu einer neuen Art von Egoismus erniedrigt, zu einem Egoismus, der ohne Mut, unzufrieden und würdelos war. Ich war von dankbarem Glück erfüllt, wieder einen weiterreichenden Gedanken fassen zu können, in mir wieder die Fähigkeit zu entdecken, mich selbst vergessen zu können, um uneigennützigen Betrachtungen nachzugehen. Meine Seele schien sich aus langer, schmachvoller Entwürdigung wieder zu erheben.

So verging fast die ganze Nacht. Ich ging, wie der Zufall mich führte, irrte durch Felder, Gehölz und durch Dörfer, wo alles im tiefsten Schweigen lag. Von Zeit zu Zeit erblickte ich in einer entfernten Wohnung ein mattes Licht, das die Finsternis durchdrang. »Dort«, sagte ich mir, »dort leidet vielleicht ein Unglücklicher oder kämpft mit dem Tod, mit dem Tod, dem unerklärlichen Geheimnis, von dem die tägliche Erfahrung die Menschen noch nicht überzeugt zu haben scheint; dem sicheren Ziel und Ende unseres Lebens, das uns weder tröstet noch beruhigt, dem Gegenstand fortwährender sorgloser Mißachtung und eines flüchtigen Entsetzens. Und ich selbst«, fuhr ich fort, »gebe mich diesem unsinnigen Widerspruch hin! Ich empöre mich gegen das Leben, als ob das Leben nie enden würde! Ich verbreite Unglück um mich her, um einige elende Jahre zu gewinnen, welche die Zeit mir bald entreißen wird. Ach! laßt uns diese nutzlosen Anstrengungen aufgeben! Ich will es genießen, die Zeit dahinfließen und einen Tag des Lebens nach dem andern entfliehen zu sehen. Ich will reglos bleiben, ein gleichgültiger Zuschauer eines schon halb entschwundenen Daseins. Mag man sich seiner bemächtigen, mag man es zerreißen; man wird es doch nicht verlängern! Lohnt es der Mühe, darum zu kämpfen?«

Der Gedanke an den Tod hat von jeher eine große Macht über mich ausgeübt. In meinem tiefsten und lebhaft gefühlten Leid hat er mich jederzeit besänftigt. Er zeigte nun auch seine gewohnte Wirkung. Meine Haltung gegenüber Ellénore wurde weniger bitter. Meine Zornesaufwallung verschwand; es blieb mir von der Stimmung dieser nächtlichen Fieberträume nur ein sanftes, fast ruhiges Gefühl. Vielleicht trug auch die körperliche Ermüdung, die ich fühlte, zu dieser Ruhe bei.

Der Morgen graute schon, und ich unterschied bereits die Gegenstände voneinander; ich sah, daß ich ziemlich weit von Ellénores Wohnsitz entfernt war. Ich stellte mir ihre Unruhe vor und beeilte mich, zu ihr zu kommen, so sehr es meine Ermüdung mir erlaubte, als mir ein Mann zu Pferd begegnete, den sie ausgeschickt hatte, mich zu suchen. Er erzählte mir, daß sie seit zwölf Stunden in der größten Besorgnis sei, daß sie, nachdem sie in Warschau gewesen und die Umgegend durchstreift hatte, ohne mich zu finden, in einem Zustand unaussprechlicher Angst nach Hause zurückgekehrt sei und daß mich die Dorfbewohner überall in den Feldern suchten. Dieser Bericht erfüllte mich zunächst mit sehr empfindlichem Unwillen. Ich war erzürnt, von Ellénore auf eine so lästige Art bewacht zu sein. Vergebens wiederholte ich mir, daß ihre Liebe allein der Grund sei; war nicht eben diese Liebe die Quelle all meines Unglücks? Dennoch brachte ich es fertig, diese Empfindung, über die ich mir Vorwürfe machte, zu überwinden. Ich wußte, daß sie lebhaft beunruhigt war und litt. Ich stieg zu Pferde. Schnell überwand ich die Entfernung, die uns trennte. Sie empfing mich mit übergroßer Freude; von ihrer Rührung wurde ich selbst gerührt. Unser Gespräch war kurz, weil sie bald daran dachte, daß ich Ruhe brauchte, und ich schied von ihr, diesmal wenigstens, ohne etwas gesagt zu haben, was sie hätte betrüben können.

Achtes Kapitel

Des andern Morgens erwachte ich, von denselben Gedanken verfolgt, die mich am Tag zuvor beunruhigt hatten. Meine Unruhe verdoppelte sich in den folgenden Tagen. Ellénore suchte vergebens, die Ursache zu ergründen. Auf ihre ungestümen Fragen gab ich nur ausweichende und einsilbige Antworten. Ich wehrte mich gegen ihre Bitten; denn ich wußte gar wohl, daß auf meine Freimütigkeit ihr Schmerz folgen und daß ihr Schmerz mich zu neuer Verstellung nötigen würde.

Sie war unruhig und überrascht und nahm zu einer ihrer Freundinnen Zuflucht, um das Geheimnis zu entdecken, das zu verschweigen sie mir vorwarf. Begierig, sich selbst zu täuschen, suchte sie dort nach einem Faktum, wo es sich nur um eine Empfindung handelte. Diese Freundin sprach mit mir von meiner eigensinnigen Launenhaftigkeit, von meinem Bemühen, jede dauernde Verbindung zurückzuweisen, von meinem unerklärlichen Begehren, abzubrechen und allein zu sein. Ich hörte sie lange schweigend an. Ich hatte bis dahin noch niemandem gesagt, daß ich Ellénore nicht mehr liebte; ich brachte ein Geständnis nicht über die Lippen, das mir eine Treulosigkeit zu sein schien. Dennoch wollte ich mich rechtfertigen. Ich erzählte meine Geschichte mit schonender Zurückhaltung, wobei ich Ellénore sehr lobte, die Widersprüche meines Betragens eingestand und sie auf die Schwierigkeit unserer Lage schob, ohne mir jedoch ein Wort zu erlauben, das deutlich die wahre Ursache jener Schwierigkeit ausgedrückt hätte, nämlich daß ich nicht mehr liebte. Die Frau, die meinem Bericht zuhörte, war gerührt, sie sah Großmut in dem, was ich Schwäche nannte, Unglück in dem, was ich als Härte bezeichnet hatte. Dieselben Erklärungen, welche die leidenschaftliche Ellénore in Wut setzten, waren für die unparteiische Freundin überzeugend. Man ist so gerecht, wenn man unbeteiligt ist! Wer auch immer Sie sind, vertrauen Sie nie einem anderen Ihre Herzensangelegenheiten an; das Herz allein kann seine Sache verteidigen, die Tiefe seiner Wunden messen; jede Mittelsperson wird ein Richter; sie untersucht und prüft, begreift die Gleichgültigkeit, nimmt sie als möglich an, ja erkennt sie als unvermeidlich, entschuldigt sie dadurch, und diese Gleichgültigkeit findet sich so zu ihrer eigenen Verwunderung vor sich selbst gerechtfertigt. Die Vorwürfe Ellénores hatten mich überzeugt, daß ich schuldig sei; ich erfuhr von ihrer Freundin, die sie zu verteidigen glaubte, daß ich nur unglücklich sei. Ich ließ mich zu dem vollständigen Geständnis meiner Empfindungen hinreißen. Ich gab zu, daß ich für Ellénore Ergebung, Sympathie, Mitleid fühle, fügte aber hinzu, daß Liebe bei meinen Pflichten, die ich mir ihr gegenüber auferlegte, keine Rolle spiele. Diese Wahrheit, bis dahin in meinem Herzen verschlossen und nur manchmal Ellénore selbst im größten Unmut und Zorn enthüllt, gewann nun in meinen Augen durch die Tatsache mehr Gewißheit und Stärke, daß ein anderer Mitwisser dieses Geheimnisses geworden war. Es ist ein großer, ein unwiderruflicher Schritt, wenn man unvermittelt einem Dritten die verborgenen Seiten einer Liebesbindung aufdeckt. Das Licht, das in dieses Heiligtum eindringt, bekräftigt und vollendet die Zerstörung, die noch das Dunkel mit seinen Schatten deckte; so bewahren die Körper im Grab oft ihre ursprüngliche Gestalt, bis sie mit von außen eindringender Luft in Berührung kommen und zu Staub zerfallen.

Ellénores Freundin verließ mich. Ich weiß nicht, was sie ihr von unserer Unterredung berichtete. Als ich mich aber dem Salon näherte, hörte ich Ellénore sehr lebhaft sprechen; sobald sie mich erblickte, verstummte sie. Bald jedoch brachte sie in verschiedenster Form allgemeine Ideen vor, die nichts anderes als gezielte Angriffe waren. »Nichts ist ungereimter«, sagte sie, »als der Eifer gewisser Freundschaften. Es gibt Leute, die sich sehr bemüht zeigen, unsere Interessen zu besorgen, nur um unsere Sache desto sicherer zu verraten. Sie nennen das Anhänglichkeit; mir wäre Haß lieber.« Ich verstand leicht, daß Ellénores Freundin für mich gegen sie Partei ergriffen und sie dadurch, daß sie mich nicht hinlänglich schuldig fand, erzürnt hatte. Ich fühlte mich also mit einem Fremden im Einverständnis gegen Ellénore! Dies war eine Schranke mehr zwischen unseren Herzen.

Einige Tage später ging Ellénore noch weiter; sie war ganz unfähig, sich zu beherrschen. Sobald sie einen Grund zur Klage zu haben glaubte, führte sie geradewegs und ohne Überlegung eine schonungslose Auseinandersetzung herbei und nahm lieber einen Bruch in Kauf als den Zwang zur Verstellung. Die beiden Freundinnen trennten sich, für immer entzweit.

»Warum Fremde in unsere persönlichen Zwistigkeiten mengen?« sagte ich zu Ellénore. »Bedürfen wir eines Dritten, um uns zu verstehen? Und wenn wir uns nicht mehr verstehen, wo ist der Dritte, der dagegen Abhilfe wüßte?« »Sie haben recht«, sagte sie, »aber es ist Ihr eigener Fehler. Früher wandte ich mich an niemanden, wenn ich bis zu Ihrem Herzen gelangen wollte.«

Plötzlich erklärte Ellénore die Absicht, ihre Lebensweise zu verändern. Ich erriet aus ihren Äußerungen, daß sie die Unzufriedenheit, die mich verzehrte, der Einsamkeit zuschrieb, in der wir lebten; sie ließ keine falsche Erklärung aus, bevor sie sich der Wahrheit beugte. Wir verbrachten miteinander eintönige Abende zwischen Stillschweigen und übler Laune. Die Quelle langer Gespräche war versiegt.

Ellénore nahm sich vor, die adeligen Familien, die in der Nähe Warschaus wohnten, um sich zu versammeln. Ich sah die Hindernisse und die Gefahren dieses Versuchs leicht vorher. Die Verwandten, die ihr die Erbschaft streitig machten, hatten ihre früheren Verirrungen enthüllt und zahllose Verleumdungen gegen sie ausgestreut. Ich zitterte vor den Erniedrigungen, denen sie bald würde trotzen müssen, und bemühte mich, ihr ihren Vorsatz auszureden. Meine Vorhaltungen waren fruchtlos. Ich beleidigte ihren Stolz durch meine Sorge, obwohl ich mich nur mit Schonung ausgedrückt hatte. Sie stellte sich vor, unsere Verbindung setze mich in Verlegenheit, weil ihr Leben zweideutig schien. Sie war nun um so mehr bemüht, in der Welt wieder einen ehrenvollen Platz zu gewinnen; ihre Bemühungen blieben nicht ganz ohne Erfolg. Das Vermögen, über das sie verfügte, ihre Schönheit, welche die Zeit nur wenig vermindert hatte, sogar die Gerüchte über ihre Abenteuer, alles erweckte die Neugierde. Sie sah sich bald von zahlreicher Gesellschaft umgeben; aber sie war insgeheim von einem Gefühl der Verlegenheit und von Unruhe verfolgt. Ich selbst war mit meiner Lage unzufrieden; sie glaubte, ich sei es mit der ihrigen; sie mühte sich, sie zu verändern. Ihr brennendes Verlangen gestattete ihr aber keine Überlegung. Ihre unklare Stellung brachte eine gewisse Unsicherheit in ihr Benehmen und Übereilung in alle ihre Unternehmungen. Sie hatte einen scharfen Verstand, aber wenig Weitblick. Die Schärfe ihres Urteils war durch die Heftigkeit ihres Charakters getrübt, und ihr fehlender Weitblick hinderte sie daran, den geschicktesten Weg zu erkennen und feinere Abstufungen zu erfassen. Sie hatte zum erstenmal ein Ziel vor Augen, und da sie darauf losstürmte, verfehlte sie es. Wieviel Unannehmlichkeiten nahm sie hin, ohne sie mir mitzuteilen! Wie oft errötete ich für sie, ohne die Stärke zu haben, es ihr zu sagen! So groß ist unter den Menschen die Macht der Zurückhaltung und Mäßigung, daß ich sie als die Geliebte des Grafen von P*** von dessen Freunden mehr geachtet sah denn jetzt als Erbin eines großen Vermögens von ihren Nachbarn, mitten unter ihren Vasallen. Wechselweise stolz und demütig, bald zuvorkommend, bald zurückweisend, war in ihrem Handeln und Reden eine nicht genau zu fassende Gewalt, die die Wertschätzung, die sich nur mit Ruhe gewinnen läßt, von vornherein zerstörte.

Wenn ich so Ellénores Fehler aufdecke, so klage ich mich an und verurteile mich. Ein Wort von mir hätte ihr Ruhe geschenkt. Warum konnte ich dieses Wort nicht aussprechen?

Indes lebten wir friedlicher als sonst miteinander. Die Zerstreuung befreite uns von unseren gewöhnlichen Betrachtungen. Wir waren nur zeitweilig allein; und da wir zueinander unbegrenztes Vertrauen hegten, nur nicht hinsichtlich unserer innersten Regungen, so ließen wir Beobachtungen und das Geschehen an die Stelle der Empfindungen treten, und unsere Gespräche hatten wieder einigen Reiz gewonnen. Bald aber wurde diese neue Art des Lebens für mich die Quelle einer neuen Verwirrung. In der Menge verloren, die Ellénore umgab, sah ich bald, daß ich der Gegenstand der Befremdung und des Tadels geworden war. Die Zeit rückte heran, da ihr Prozeß entschieden werden sollte. Ihre Gegner behaupteten, sie habe sich das väterliche Herz durch zahllose Verirrungen entfremdet. Meine Gegenwart stützte diese Anklagen. Ihre Freunde klagten mich an, ihr zu schaden. Sie entschuldigte ihre Leidenschaft für mich, mir aber warfen sie Mangel an Zartsinn vor; sie sagten, ich mißbrauche eine Neigung, die ich hätte mäßigen sollen. Ich allein wußte, daß ich sie hinter mir her zöge, wenn ich sie verließe, und daß sie, um mir zu folgen, jede Sorge für ihr Vermögen, jedwede Umsicht und Klugheit vernachlässigen würde. Ich konnte die Leute nicht zu Vertrauten dieses Geheimnisses machen. Ich schien daher in dem Hause Ellénores nur ein Fremder, der dem Erfolg der Bemühungen, die ihr Schicksal entscheiden sollten, schadete. Durch eine sonderbare Umkehrung der Wahrheit beklagte man sie als das Opfer meines Einflusses, während ich das Opfer ihres unerschütterlichen Willens war.

Ein neuer Umstand machte unsere schmerzliche Lage noch verwirrender.

In Ellénores Verhalten und in ihrer Art, sich zu geben, trat plötzlich eine merkwürdige Veränderung ein: bis dahin schien sie nur mit mir befaßt; plötzlich sah ich, daß sie die Gunstbezeugungen der Männer, die sie umringten, entgegennahm und auch suchte. Diese Frau, die so zurückhaltend, so kalt, so mißtrauisch war, schien unversehens ihren Charakter zu verändern. Sie ermutigte die Gefühle und sogar die Hoffnungen vieler junger Männer, von denen einige sich durch ihr Aussehen verführen ließen, andere hingegen trotz ihrer zurückliegenden Verirrungen ernsthaft auf ihre Hand hofften. Sie gewährte ihnen lange, vertrauliche Gespräche; sie nahm ihnen gegenüber jenes nicht ganz offene, aber anziehende Verhalten an, das sanft zurückweist, nur um zurückzuhalten, weil es eher Unentschlossenheit als Gleichgültigkeit, eher ein Hinauszögern als eine Abweisung anzeigt. Ich habe von ihr in der Folge erfahren, und das tatsächlich Vorgefallene hat es mir bestätigt, daß sie nur aufgrund einer falschen und bedauerlichen Berechnung so handelte. Sie glaubte, meine Liebe neu zu beleben, indem sie meine Eifersucht erregte; aber sie schürte nur Asche, die nichts mehr zum Glühen bringen konnte. Vielleicht mischte sich auch in dieses Kalkül eine gewisse weibliche Eitelkeit; sie fühlte sich von meiner Kälte verletzt, sie wollte sich selbst beweisen, daß sie noch zu gefallen vermochte. Vielleicht fand sie in der Vereinsamung, in der ich ihr Herz ließ, eine gewisse Tröstung, wenn sie die Liebesworte an sich gerichtet hörte, die ich schon lange nicht mehr aussprach. Wie dem auch sei, ich täuschte mich eine Weile über ihre wahren Beweggründe. Ich sah die Morgenröte meiner zukünftigen Freiheit heraufdämmern und beglückwünschte mich. Ich zitterte bei dem Gedanken, durch eine unbedachte Handlung diese große Krise zu stören, von der ich meine Freiheit erwartete; ich wurde sanfter, schien zufriedener. Ellénore hielt meine Sanftheit für Zärtlichkeit, meine Hoffnung, sie endlich ohne mich glücklich zu sehen, für den Wunsch, sie glücklich zu machen. Sie war stolz auf ihre List. Manchmal nur wurde sie unsicher, wenn sie sah, daß ich keine Unruhe zeigte; sie warf mir vor, daß ich diesen Verbindungen keinerlei Widerstand entgegensetzte, die sie scheinbar von mir zu entfremden drohten. Ich wies diese Vorwürfe mit Scherzen zurück, aber es gelang mir nicht immer, sie zu besänftigen. Ihr Charakter kam schließlich durch die Verstellung, die sie sich auferlegt hatte, zum Vorschein. Die Szenen setzten auf neuem Felde wieder ein, waren aber nicht weniger heftig. Ellénore warf mir ihre eigenen Fehler vor, sie gab mir zu verstehen, daß ein einziges Wort genügen würde, sie völlig zu mir zurückzuführen. Mein Schweigen verletzte sie, und sie stürzte sich von neuem in die Tändeleien, mit einer Art wütender Heftigkeit.

Hier vor allem, ich fühle es, wird man mich der Schwäche bezichtigen. Ich wollte frei sein, und ich konnte dies unter allgemeiner Zustimmung erreichen. Ich hätte es vielleicht durchsetzen müssen: das Verhalten Ellénores berechtigte mich dazu, ja schien mich dazu zu zwingen. Aber wußte ich nicht, daß dieses Verhalten mein Werk war? Wußte ich nicht, daß Ellénore im Grunde ihres Herzens nicht aufgehört hatte, mich zu lieben? Konnte ich sie für Torheiten bestrafen, die ich sie selbst begehen ließ, und mit kalter Heuchelei in diesen Torheiten einen Vorwand suchen, sie mitleidlos zu verlassen?

Gewiß, ich will mich nicht entschuldigen, ich verurteile mich strenger, als es ein anderer an meiner Stelle vielleicht täte; aber ich kann wenigstens hier feierlich beteuern, daß ich niemals aus Berechnung gehandelt habe und daß mich immer wahre und natürliche Empfindungen lenkten. Wie ist es möglich, daß ich mit diesen Empfindungen so lange nichts als mein und anderer Unglück bewirkte?

Die Gesellschaft beobachtete mich indessen mit Erstaunen. Mein Aufenthalt bei Ellénore ließ sich nur mit einer außergewöhnlichen Zuneigung erklären, und meine Gleichgültigkeit gegenüber den Verbindungen, die einzugehen sie immer noch bereit schien, stand zu dieser Neigung im Widerspruch. Man schrieb meine unerklärliche Duldsamkeit meinem Mangel an Grundsätzen zu, einer Leichtfertigkeit in Dingen der Moral, die, wie man sagte, einen zutiefst egoistischen Menschen verrieten, den die Gesellschaft verdorben hatte. Diese Vermutungen, die um so leichter Eindruck machten, als sie den Herzen derer entsprachen, die sie sich ausdachten, wurden gerne aufgenommen und wiederholt. Das Gerücht gelangte schließlich bis zu mir. Ich war über diese unerwartete Entdeckung entrüstet: zum Lohn für meine langen Opfer wurde ich verkannt und verleumdet; ich hatte einer Frau zuliebe alle meine eigenen Interessen hintangestellt, alle Freuden des Lebens zurückgewiesen, und nun verurteilte man ausgerechnet mich.

Ich hatte eine heftige Auseinandersetzung mit Ellénore: ein einziges Wort brachte die Schar der Anbeter zum Verschwinden, die sie nur herbeigerufen hatte, um mich ihren Verlust befürchten zu lassen. Sie schränkte ihren Umgang auf einige Frauen und einige wenige ältere Herren ein. Alles nahm bei uns wieder den Anschein eines geregelten Lebens an; wir waren aber nur desto unglücklicher: Ellénore glaubte, sie habe neue Rechte erworben; ich fühlte mich mit neuen Ketten beladen.

Ich könnte die Bitterkeiten, ja die Wut nicht schildern, die sich aus unseren so verwickelten Verhältnissen ergaben. Unser Leben war nur noch ein fortgesetzter Gewittersturm. Die vertraute Nähe verlor alle ihre Reize, die Liebe all ihre Sanftheit. Es gab zwischen uns nicht einmal mehr jene vorübergehende Rückkehr zu ehemaligen Empfindungen, die für wenige Augenblicke unheilbare Wunden zu heilen scheinen. Die Wahrheit drang nach allen Seiten zutage, und ich benutzte, um mich verständlich zu machen, die härtesten, schonungslosesten Ausdrücke. Ich hielt nicht inne, bis ich Ellénore in Tränen sah; selbst ihre Tränen aber waren für mich nur eine brennende Lava, die tropfenweise auf mein Herz fiel, mir wohl Schreie entriß, aber keinen Widerruf erzwang. Damals war es, daß ich Ellénore mehr als einmal bleich und wie von prophetischem Geiste durchbebt sich erheben sah. »Adolphe«, schrie sie auf, »Sie kennen das Leid nicht, das Sie mir antun. Sie werden es eines Tages erfahren, Sie werden es durch mich erfahren, wenn Sie mich ins Grab gestürzt haben.« Ich Unseliger! Warum habe ich mich nicht vor ihr ins Grab gestürzt, als sie so sprach!

Neuntes Kapitel

Ich war seit meinem ersten Besuch nicht wieder zu Baron von T*** zurückgekehrt. Eines Morgens empfing ich von ihm das folgende Schreiben:

»Die Ratschläge, die ich Ihnen gab, verdienten

nicht, daß Sie mir Ihre Gegenwart so lange entziehen. Welchen Entschluß Sie auch in Ihren eigenen Angelegenheiten ergreifen wollen, so bleiben Sie doch der Sohn meines teuersten Freundes, werde ich immer an Ihrer Gesellschaft Vergnügen finden und es mir zur Freude anrechnen, Sie in einen Kreis einzuführen, dem Sie, wie ich Ihnen versprechen darf, gerne angehören werden. Erlauben Sie mir hinzuzufügen, daß, je mehr Ihre Lebensweise, die ich nicht zu mißbilligen beabsichtige, sonderbar scheint, Sie desto bemühter sein sollten, schlecht begründete Vorurteile zu zerstreuen, indem Sie sich der Welt zeigen.«

Ich war von dem Wohlwollen gerührt, das mir ein älterer Mann zeigte; ich begab mich zu ihm, es war dort keine Rede von Ellénore. Der Baron behielt mich zu Tisch. Es waren an jenem Tage nur einige sehr geistreiche und liebenswürdige Männer geladen. Ich war anfangs verlegen, bezwang mich aber; ich wurde schließlich lebhafter und ergriff gerne das Wort. Ich entwickelte, so sehr es mir möglich war, Geist und Kenntnisse. Ich bemerkte, daß es mir gelang, Beifall zu gewinnen, und meine Eigenliebe fand in solchem Erfolg einen Genuß, den ich lange entbehrt hatte. Dieser Genuß machte mir die Gesellschaft des Baron von T*** noch angenehmer.

Meine Besuche wurden häufiger. Er übertrug mir einige seine Gesandtschaft betreffende Arbeiten, von denen er meinte, er könne sie mir unbedenklich anvertrauen. Ellénore fand sich anfänglich durch diese Veränderung meiner Lebensweise befremdet; ich sprach ihr aber von der Freundschaft des Barons für meinen Vater und von dem Vergnügen, das ich darin fand, ihn über meine Abwesenheit damit zu trösten, daß ich mich nützlich zu beschäftigen schien. Die arme Ellénore, ich schreibe es in diesem Augenblick mit einem

Gefühl des Vorwurfs, freute sich darüber, daß ich jetzt ruhiger schien, und ergab sich ohne sehr zu klagen darein, häufig einen großen Teil des Tages von mir getrennt zu verbringen. Der Baron seinerseits fing aufs neue von Ellénore zu sprechen an, sobald nur erst einiges Vertrauen zwischen uns bestand. Immer hatte ich die bestimmte Absicht, von ihr nur Gutes zu reden; aber ohne es gewahr zu werden, sprach ich in einem leichteren, freieren Ton über sie. Entweder verriet ich durch Aufstellung irgendeines allgemeinen Grundsatzes, daß ich die Notwendigkeit, mich von ihr zu trennen, anerkenne, oder es kam mir ein Scherz zu Hilfe, und ich sprach lächelnd über die Frauen und die Schwierigkeit, mit ihnen zu brechen. Diese Gespräche bereiteten dem alt gewordenen Gesandten Vergnügen, dessen Seele kraftlos geworden war und der sich dunkel erinnerte, er sei in seiner Jugend auch von Liebesintrigen gequält worden. So täuschte ich, indem ich ein Gefühl verbarg, mehr oder weniger alle Welt: ich betrog Ellénore; denn ich wußte, daß mich der Baron von ihr entfernen wollte, und verschwieg es ihr. Ich betrog Herrn von T***, denn ich ließ ihm den Wahn, ich sei bereit, mit Ellénore zu brechen. Diese Falschheit war eigentlich meinem Charakter fremd; der Mensch wird aber verdorben, sowie er in seinem Innern auch nur einen Gedanken hegt, den er fortgesetzt zu verheimlichen gezwungen ist.

Bis jetzt hatte ich bei Baron von T*** nur mit solchen Männern Bekanntschaft gemacht, die seinen vertrauteren Umgang ausmachten. Eines Tages schlug er mir vor, an einem großen Fest teilzunehmen, das er anläßlich des Geburtstags seines Fürsten gab. »Sie werden dort«, sagte er, »die schönsten Frauen Polens finden; freilich jene, die Sie lieben, werden Sie nicht treffen; dies tut mir leid; aber es gibt Frauen, die man nur in ihrem eigenen Haus besuchen kann.« Diese Rede traf mich empfindlich. Ich schwieg; doch warf ich mir innerlich vor, Ellénore nicht in Schutz zu nehmen; hätte man mich in ihrer Gegenwart angegriffen, sie hätte mich lebhaft verteidigt.

Die Gesellschaft war zahlreich. Man beobachtete mich aufmerksam. Ich hörte ganz leise rund um mich den Namen meines Vaters, Ellénore und den Grafen von P*** nennen. Wenn ich mich näherte, schwieg man, und wenn ich mich zurückzog, begann man wieder zu reden. Es war nun kein Zweifel, daß man sich meine Geschichte erzählte; jeder freilich erzählte sie nach seiner Weise. Meine Lage war mir unerträglich, kalter Schweiß bedeckte meine Stirn; abwechselnd wurde ich rot und blaß.

Der Baron bemerkte meine Verlegenheit. Er kam auf mich zu, verdoppelte seine Aufmerksamkeit und suchte auf seine zuvorkommende Art jede Gelegenheit, mich mit Lob zu überhäufen; und bald zwang sein großes Ansehen die andern zu einem gleichen Betragen.

Als jedermann sich zurückgezogen hatte, sagte Baron von T***: »Ich möchte noch einmal ganz offen mit Ihnen sprechen. Warum wollen Sie in einer Lage ausharren, die für Sie schmerzvoll ist? Wem tun Sie Gutes damit? Glauben Sie, man weiß nicht, was zwischen Ihnen und Ellénore vorgeht? Alle Welt kennt Ihre Bitterkeit und Ihre wechselseitige Unzufriedenheit. Sie schaden sich selbst durch Ihre Schwachheit wie durch Ihre Härte; denn, und das ist der Gipfel an Sinnlosigkeit, Sie machen diese Frau, die Sie so unglücklich macht, selbst nicht glücklich.«

Ich war von der Qual, die ich empfunden hatte, noch ganz verstört. Der Baron zeigte mir mehrere Briefe meines Vaters. Sie drückten eine weit tiefere Betrübnis aus, als ich vermutete. Ich war erschüttert. Der Gedanke, daß ich Ellénores Leiden nur vermehrte, vergrößerte noch meine Unentschlossenheit. Endlich, als hätte sich, während ich noch zauderte, alles gegen sie vereinigen wollen, sollte ihre Heftigkeit selbst mich zum Entschluß bringen. Ich war den ganzen Tag abwesend gewesen. Der Baron hatte mich nach der Gesellschaft bei sich zurückgehalten. Die Nacht hatte begonnen. Man brachte mir einen Brief Ellénores und gab ihn mir in Gegenwart des Barons von T***. Eine Art Mitleid mit meiner Knechtschaft war in seinen Augen zu lesen; der Brief selbst war voll Bitterkeit. Wie? sagte ich mir, nicht einen Tag soll ich frei hinbringen können? Nicht eine Stunde kann ich ruhig atmen! Sie verfolgt mich überall, wie einen Sklaven, den man zu ihren Füßen zurückbringen muß, und ich wurde nur um so heftiger, je schwächer ich mich fühlte. »Ja«, rief ich aus, »ich nehme die Verpflichtung auf mich, mit Ellénore zu brechen; ich werde dies in den nächsten drei Tagen tun. Ich will es wagen, ihr dies selbst zu sagen; Sie können meinen Vater im voraus davon unterrichten.«

Während ich dies sagte, stürzte ich von dem Baron fort. Ich war bedrückt von den Worten, die ich soeben ausgesprochen, und glaubte selbst kaum dem Versprechen, das ich gegeben hatte.

Ellénore erwartete mich mit Ungeduld. Durch einen seltsamen Zufall hatte man ihr gerade während meiner Abwesenheit das erstemal von den Versuchen des Barons von T*** erzählt, mich von ihr zu trennen. Man hatte ihr meine Reden, die Scherze, die ich mir erlaubt hatte, hinterbracht. Ihr Verdacht war erwacht, sie erwog mehrere Umstände, die ihn zu bestätigen schienen. Meine plötzliche Verbindung mit einem Manne, mit dem ich früher nicht umgegangen war, die Vertraulichkeit, die zwischen ihm und meinem Vater herrschte, schienen ihr untrügliche Beweise. Ihre Unruhe wuchs innerhalb weniger Stunden so sehr, daß ich sie von dem, was sie meine Treulosigkeit nannte, vollkommen überzeugt traf.

Ich war mit dem festen Entschluß gekommen, ihr alles zu sagen. Aber als ich mich von ihr angeklagt sah, bemühte ich mich nur – wer sollte es glauben? –, alles zu verheimlichen; ja ich leugnete an diesem Tag förmlich, was ich ihr am folgenden zu erklären entschlossen war.

Es war spät geworden. Ich verließ sie; ich eilte, zu Bette zu kommen, um diesen langen Tag zu beenden, und als ich nun recht gewiß war, er sei zu Ende gebracht, fühlte ich mich für den Augenblick von einer ungeheuern Last befreit.

Ich stand des andern Tags erst gegen Mittag auf, als hätte ich durch die Verspätung unseres Wiedersehens den unheilvollen Augenblick selbst hinauszögern können.

Ellénore hatte sich während der Nacht beruhigt, sowohl durch eigene Überlegung als in Erwägung meiner Reden vom Abend zuvor. Sie sprach von ihren Angelegenheiten mit einer Sicherheit, die nur zu deutlich verkündete, daß sie unsere Leben als unzertrennlich verbunden betrachtete. Wo Worte finden, die sie plötzlich in die Verlassenheit zurückstießen?

Die Zeit entfloh in schreckenvoller Eile. Jede Minute machte eine Erklärung dringender. Von den drei Tagen, die ich bestimmt hatte, näherte sich der zweite schon seinem Ende. Der Baron von T*** erwartete mich spätestens am übernächsten Tage. Sein Brief an meinen Vater war abgegangen; ich würde mein Versprechen brechen, ohne zu dessen Erfüllung auch nur einen Schritt getan zu haben. Ich ging fort, ich kam zurück, ich nahm Ellénores Hand, ich fing zu reden an und unterbrach mich sogleich wieder; ich betrachtete den Lauf der Sonne, die sich schon gegen den Horizont neigte. Die Nacht brach herein, ich schob neuerdings auf. Mir blieb noch ein Tag; eine Stunde wäre genug gewesen.

Dieser Tag ging nun wie der vorhergehende hin. Ich schrieb dem Baron von T***, um von ihm noch Zeit zu erbitten; und wie dies in der Natur von schwachen Charakteren liegt, wußte ich eine Menge Gründe anzuführen, um die Verspätung zu rechtfertigen, um zu beweisen, daß sie an dem Entschluß, den ich gefaßt, nichts ändere und daß man schon jetzt meine Verbindung mit Ellénore für immer als aufgelöst betrachten könne.

Zehntes Kapitel

Ich brachte die folgenden Tage ruhiger zu. Ich hatte die Notwendigkeit zu handeln auf eine ungewisse Zeit hinausgeschoben; sie verfolgte mich nun nicht mehr wie ein Gespenst. Ich glaubte alle Zeit zu haben, Ellénore vorzubereiten. Ich wollte mit ihr sanfter, zärtlicher sein, um ihr wenigstens freundschaftliche Erinnerungen zu erhalten. Meine Verwirrung war ganz anderer Art als sonst. Ich hatte den Himmel angefleht, zwischen mir und Ellénore ein Hindernis aufzutürmen, das ich nicht mehr übersteigen könnte. Dieses Hindernis hatte sich wirklich erhoben. Ich heftete meine Blicke auf Ellénore wie auf ein Wesen, das ich verlieren sollte. Ihre Ansprüche an mich, die mir so oft unerträglich schienen, schreckten mich nicht mehr; ich fühlte mich im voraus befreit. Im Gegenteil, ich fühlte mich freier, wenn ich ihr nachgab, und empfand nicht mehr jenen inneren Aufruhr, der mich früher unaufhörlich dahin gebracht hatte, alles zu zerreißen. Es war in mir keine Ungeduld mehr, nur der geheime Wunsch, den düsteren Augenblick hinauszuzögern.

Ellénore bemerkte die herzlichere, zärtlichere Stimmung und war selbst weniger bitter. Ich suchte nun mit ihr zu reden, was ich sonst vermieden hatte; ich genoß ihre Liebesworte, die mir sonst lästig, jetzt aber kostbar waren, da sie jedesmal die letzten sein konnten.

Eines Abends hatten wir uns nach einem noch liebevolleren Gespräch als gewöhnlich getrennt. Das Geheimnis, das ich in meiner Brust verschloß, machte mich traurig; aber es war eine Traurigkeit, die nichts von Heftigkeit an sich hatte. Die Ungewißheit über den Zeitpunkt unserer Trennung, die ich beschlossen hatte, erlaubte mir, den Gedanken an sie von mir wegzuschieben. Während der Nacht hörte ich im Schloß ein ungewöhnliches Geräusch. Es hörte bald wieder auf, und ich achtete nicht darauf. Am Morgen jedoch erinnerte ich mich wieder daran, ich wollte die Ursache wissen und begab mich zu Ellénores Zimmer. Wie groß war mein Schrecken, als man mir sagte, daß sie seit zwölf Stunden in einem hitzigen Fieber liege, daß ein Arzt, den ihre Leute herbeigeholt, erklärt habe, ihr Leben sei in Gefahr, daß sie aber strengstens untersagt habe, mich davon zu benachrichtigen oder mich zu ihr hineinzulassen.

Ich bestand darauf, der Arzt selbst kam heraus, um mir die Notwendigkeit klarzumachen, ihr jede Erschütterung zu ersparen. Er schrieb ihr Verbot, dessen Grund er nicht kannte, der Sorge zu, mir keinen Schrecken zu verursachen. Ich befragte Ellénores Diener mit peinlicher Angst, was sie denn so plötzlich in einen so gefährlichen Zustand habe stürzen können. Am Abend, nachdem sie mich verlassen hatte, hatte sie durch einen Boten, der zu Pferde angekommen war, einen Brief aus Warschau erhalten; als sie ihn geöffnet und überflogen hatte, sei sie in Ohnmacht gesunken. Als sie wieder zu sich gekommen sei, habe sie sich aufs Bett geworfen, ohne ein Wort zu sprechen. Eine ihrer Frauen sei, beunruhigt durch die Erregung, die sie an ihr wahrnahm, unbemerkt im Zimmer geblieben und habe beobachtet, daß Ellénore gegen Mitternacht ein so heftiges Zittern ergriffen habe, daß es das Bett erschütterte. Sie wollte mich rufen, doch habe sich Ellénore mit so heftigem Entsetzen dagegen erklärt, daß man es nicht gewagt habe, gegen ihren Willen zu handeln. Man habe einen Arzt holen lassen; Ellénore habe sich geweigert und weigere sich noch, ihm zu antworten; sie habe die Nacht hindurch einzelne abgebrochene Worte ausgestoßen, die man nicht verstehen konnte, und oft ihr Taschentuch vor den Mund gepreßt, als ob sie sich am Reden hindern wolle.

Während man mir dies ausführlich erzählte, kam eine andere Frau, die bei ihr geblieben war, voll Entsetzen zu uns gelaufen. Ellénore schien ihrer Sinne nicht mehr mächtig. Sie nahm nichts von ihrer Umgebung wahr. Sie stieß manchmal einen Schrei aus, nannte meinen Namen, dann plötzlich machte sie schaudernd mit der Hand ein Zeichen, als wollte sie einen verhaßten Gegenstand entfernt wissen.

Ich trat in das Zimmer. Ich sah am Fuße ihres Bettes zwei Briefe liegen. Der eine war jener, den ich an den Baron von T*** geschrieben hatte, der andere von ihm selbst an Ellénore gerichtet. Da erkannte ich die Lösung dieses schaudervollen Rätsels nur zu gut. Alle meine Anstrengungen, noch Zeit für den endgültigen Abschied zu gewinnen, hatten sich so gegen die Unglückliche gekehrt, die ich schonen wollte. Ellénore hatte von meiner eigenen Hand das Versprechen, sie zu verlassen, gelesen, ein Versprechen, das mir nur von dem Wunsch, länger bei ihr zu verweilen, eingegeben worden war und das ich, der Lebhaftigkeit eben dieses Wunsches wegen, wiederholt und in jeder Hinsicht erläutert hatte. Der kühle Blick des Barons von T*** hatte in jeder Zeile dieser oft wiederholten Beteuerungen leicht meine Unentschlossenheit, die ich zu verbergen suchte, und die Winkelzüge meiner Unentschiedenheit bemerkt; der Grausame hatte aber sehr gut berechnet, daß Ellénore darin eine unwiderrufliche Entscheidung erblicken würde. Ich näherte mich ihr; sie sah mich an, ohne mich zu erkennen. Ich redete sie an, sie zitterte. »Was ist das für ein Geräusch?« rief sie. »Das ist die Stimme, die mir wehe tat!« Der Arzt bemerkte, daß meine Gegenwart ihren Fieberwahn vermehre, und beschwor mich, mich zu entfernen. Wie soll ich das beschreiben, was ich drei lange Stunden hindurch empfand? Der Arzt entfernte sich endlich. Ellénore war in einen tiefen Schlaf verfallen. Er gab die Hoffnung, sie zu retten, nicht auf, wenn nach ihrem Erwachen das Fieber besänftigt wäre.

Ellénore schlief lange. Von ihrem Erwachen unterrichtet, schrieb ich ihr und bat sie mich zu empfangen. Sie ließ mich eintreten. Ich wollte sprechen, sie unterbrach mich. »Ich möchte von Ihnen kein grausames Wort hören«, sagte sie. »Ich erhebe keine Ansprüche mehr, ich will mich gegen nichts auflehnen, aber diese Stimme, die ich so sehr geliebt habe, diese Stimme, die in den Tiefen meines Herzens so sanft widertönte, soll dort nicht eindringen, um es zu zerreißen. Adolphe, Adolphe! Ich bin heftig gewesen, ich konnte Sie beleidigen; Sie wissen aber nicht, was ich litt! Gott wolle, daß Sie es nie erfahren!«

Sie war äußerst erregt. Sie legte ihre Stirn auf meine Hand; ich fand sie brennend heiß. Ein fürchterlicher

Krampf entstellte ihre Züge. »Im Namen Gottes!« rief ich. »Hören Sie mich an, Ellénore. Ja! Ich bin schuldig, dieser Brief . . .« Sie zitterte und wollte sich entfernen; ich hielt sie zurück. »Schwach, gequält«, fuhr ich fort, »konnte ich wohl einen Augenblick lang einer grausamen Zudringlichkeit nachgeben, aber erhielten Sie nicht bereits unzählige Beweise, daß ich nichts wollen kann, was uns trennt? Ich war unzufrieden, unglücklich, ungerecht. Vielleicht haben Sie, als Sie mit zu großer Heftigkeit gegen meine aufrührerische Phantasie kämpften, flüchtige Anwandlungen bestärkt, die ich jetzt verachte. Können Sie aber meine innige Zuneigung in Zweifel ziehen? Sind unsere Seelen nicht mit unauflöslichen Ketten aneinander gefesselt? Ist nicht die Vergangenheit unser gemeinschaftliches Gut? Können wir einen Blick auf die letzten drei Jahre zurückwerfen, ohne daß uns die gemeinsamen Eindrücke, die Freuden, welche wir teilten, die Leiden, die wir zusammen trugen, wieder ins Bewußtsein kommen? Ellénore! Fangen wir mit diesem Tag eine neue Epoche an, rufen wir uns die Stunden des Glücks und der Liebe zurück.« Sie sah mich einige Zeit zweifelnd an: »Und Ihr Vater, Ihre Pflichten«, begann sie endlich, »Ihre Familie, das, was man von Ihnen erwartet?« – – – »Gewiß«, erwiderte ich, »einmal, eines Tages, vielleicht . . .« – Sie bemerkte, daß ich zauderte. »Mein Gott«, schrie sie auf, »warum gibt er mir Hoffnung, wenn er sie mir gleich wieder rauben will. Adolphe, ich danke Ihnen für Ihren guten Willen. Er hat mir wohlgetan, um so mehr, da er Sie, wie ich hoffe, keine Opfer kosten soll; aber ich beschwöre Sie, reden wir nicht wieder von der Zukunft. Werfen Sie sich nichts vor, was auch geschehen möge. Sie haben mir viel Güte gezeigt; ich wollte, was unmöglich war; Liebe war mein ganzes Leben; sie konnte nicht das Ihre sein;

schenken Sie mir noch einige Tage!« Tränen entströmten ihren Augen, ihr Atem schien weniger gepreßt, sie lehnte ihren Kopf an meine Schulter. »Hier«, sagte sie, »wollte ich immer sterben.« Ich drückte sie an mein Herz, ich schwor von neuem meinen Plänen ab und verwünschte mein grausames Wüten. »Nein«, begann sie, »Sie sollen frei und zufrieden sein.« – »Kann ich es sein, wenn Sie unglücklich sind?« – »Ich werde nicht mehr lange unglücklich sein, Sie werden mich nicht mehr lange zu bedauern haben.« – Ich wies diese Furcht, die ich unbegründet glaubte, weit von mir. »Nein, nein, lieber Adolphe«, sagte sie, »wenn man den Tod lange herbeigerufen hat, so sendet uns der Himmel schließlich ein untrügliches Vorgefühl, das uns die Erhörung unserer Bitte verkündet.« Ich schwor, sie nie zu verlassen. »Ich hoffte es immer«, sagte sie, »doch jetzt bin ich dessen gewiß.«

Es war einer jener Wintertage, an denen die Sonne wie trauernd auf das farblose Feld niederleuchtet, als schaute sie mit Mitleid auf die Erde, die sie nicht mehr erwärmt. Ellénore schlug mir vor auszugehen. »Es ist kalt«, versetzte ich. – »Es tut nichts«, erwiderte sie, »ich möchte gern mit Ihnen spazierengehen.« Sie nahm meinen Arm, wir gingen lange, ohne ein Wort zu sprechen. Sie schritt nur mit Mühe vorwärts und lehnte sich fast ganz auf mich. »Bleiben wir einen Augenblick stehen«, sagte ich. »Nein«, erwiderte sie, »ich finde Vergnügen darin, noch zu fühlen, daß Sie mich stützen.« Wir sanken in unser Schweigen zurück. Der Himmel war heiter, aber die Bäume standen ohne Laub; kein Hauch durchzitterte die Luft, kein Vogel durchschnitt sie, rings umher keine Bewegung; das einzige Geräusch, das wir hörten, war das Knistern des gefrorenen Grases, das unter unseren Schritten zerbrach. »Wie ruhig alles ist«, sagte Ellénore, »wie die ganze Natur stille Ergebung ausdrückt! Soll nicht auch das Herz des Menschen verzichten lernen?« Sie setzte sich auf einen Stein; plötzlich sank sie in die Knie, neigte das Haupt und stützte es auf ihre beiden Hände. Ich vernahm einige leise gesprochene Worte und bemerkte, daß sie betete. Endlich stand sie auf. »Gehen wir zurück!« sagte sie. »Die Kälte hat mich angegriffen; ich fürchte, daß mir übel wird. Sagen Sie mir nichts, ich bin nicht imstande, Ihnen zuzuhören!«

Von diesem Tage an sah ich Ellénore schwächer werden und hinwelken. Ich rief von allen Seiten Ärzte zusammen. Die einen verkündeten mir ein Übel ohne Rettung, die andern gaben mir leere Vertröstungen. Doch die Natur verfolgte düster und schweigend mit unsichtbarem Arme ihr erbarmungsloses Geschäft. In manchen Augenblicken schien Ellénore ins Leben zurückkehren zu wollen; man hätte glauben können, die eiserne Hand, die auf ihr lastete, habe sich zurückgezogen. Sie hob ihr leidendes Gesicht, ihre Wangen bedeckten sich mit etwas lebhafteren Farben, ihre Augen belebten sich. Aber plötzlich verschwand, ohne daß man eine Ursache angeben konnte, durch das grausame Spiel einer unsichtbaren Macht diese trügerische Besserung wieder. Ich sah sie so Schritt für Schritt dem Verderben entgegengehen. Ich sah, wie sich auf diesem edlen, ausdrucksvollen Gesicht die Vorboten des Todes eingruben. Ich sah – welch ein erniedrigendes, beklagenswertes Schauspiel! –, wie dieser kraftvolle und stolze Charakter durch das körperliche Leiden tausenderlei verworrene und unzusammenhängende Eindrücke hinnehmen mußte, als ob die Seele, in diesen schrecklichen Augenblicken durch den Körper bedrängt, vielfältige andere Formen annähme, um sich weniger qualvoll in den Zerfall der Organe zu fügen.

Eine einzige Empfindung blieb in Ellénores Herz

unverändert: ihre Zärtlichkeit für mich. Ihre Schwäche erlaubte ihr selten, mit mir zu sprechen, sie richtete aber stillschweigend ihre Blicke auf mich, und mir schien es, als forderten diese Blicke von mir das Leben, das ich ihr nicht mehr zu geben vermochte. Ich fürchtete, ihr zu lebhafte Erregungen zu verursachen und erfand Vorwände, mich zu entfernen. Aufs Geratewohl irrte ich in der Gegend umher und suchte die Orte auf, wo ich mit ihr gewesen war; meine Tränen benetzten die Steine, die Wurzeln der Bäume, alle Gegenstände, die mir die Erinnerung an sie zurückriefen.

Es waren nicht die Schmerzen der Liebe, es war eine viel düsterere, traurigere Empfindung. Die Liebe verwebt sich so sehr mit dem geliebten Gegenstand, daß selbst in ihrer Verzweiflung noch inniger Trost liegt. Sie kämpft gegen die Wirklichkeit, gegen das Schicksal; das Feuer ihrer Sehnsucht täuscht sie über ihre Stärke und erhöht sie noch mitten in ihrem Schmerz. Meine Traurigkeit hatte etwas Düsteres und Verlassenes. Ich hegte keine Hoffnung, mit Ellénore zu sterben. Bald würde ich ohne sie in der Verlassenheit der Welt leben, die ich so oft unabhängig zu durchstreifen gewünscht hatte. Ich hatte das Wesen, das mich liebte, gebrochen; ich hatte das Herz zerstört, den Gefährten des meinigen, das in unermüdlicher Zärtlichkeit nicht ablassen wollte, sich mir hinzugeben. Schon hatte mich die Verlassenheit ergriffen; Ellénore lebte zwar noch, aber schon konnte ich ihr meine Gedanken nicht mehr mitteilen. Ich war schon allein auf der Erde. Ich lebte nicht mehr in jenem Dunstkreis der Liebe, den sie um mich verbreitet hatte. Die Luft, die ich einatmete, schien mir rauher, die Gesichter der Menschen, denen ich begegnete, gleichgültiger als gewöhnlich. Die ganze Natur schien mir zu sagen, daß ich bald für immer aufhören sollte, geliebt zu sein.

Die Gefahr für Ellénore wurde von Tag zu Tag sichtbarer. Zeichen, die man nicht verkennen konnte, kündigten ihr nahes Ende an. Ein Priester ihrer Religion sagte es ihr. Sie bat mich, ihr ein Kästchen zu bringen, das viele Papiere enthielt. Sie ließ vor ihren Augen mehrere verbrennen; sie schien aber eines zu suchen, das sie nicht fand, und ihre Unruhe wurde sehr groß. Ich bat sie, die Suche, die sie beunruhigte und während der sie zweimal in Ohnmacht gesunken war, aufzugeben. »Ich willige ein«, erwiderte sie, »aber, lieber Adolphe, versagen Sie mir eine Bitte nicht; Sie werden unter meinen Papieren, ich weiß nicht wo, einen an Sie gerichteten Brief finden. Verbrennen Sie ihn, ohne ihn zu lesen, ich beschwöre Sie bei unserer Liebe und bei diesen letzten Augenblicken, die Sie mir versüßt haben.« Ich versprach es ihr. Sie wurde ruhiger. »Lassen Sie mich«, sagte sie dann, »den Pflichten meiner Religion nachkommen. Ich habe viele Fehler zu büßen; meine Liebe zu Ihnen ist vielleicht ein solcher Fehler; dennoch würde ich es nicht glauben, hätte meine Liebe Sie glücklich machen können.«

Ich verließ sie. Ich kehrte erst wieder mit allen ihren Dienern zurück, um den letzten feierlichen Gebeten beizuwohnen. In einem Winkel ihres Zimmers auf den Knien liegend, überließ ich mich bald meinen Gedanken, bald beobachtete ich mit unwillkürlicher Neugierde all diese versammelten Menschen, den Schrecken der einen, die Zerstreuung der andern, auch jene sonderbare Wirkung der Gewohnheit, die in alle vorgeschriebenen Übungen Gleichgültigkeit hineinträgt und uns dazu bringt, die erhabensten und furchtbarsten Zeremonien nur als Dinge der Überlieferung oder nichtssagende Äußerlichkeit zu betrachten. Ich hörte diese Menschen mechanisch Sterbegebete hersagen, als sollten sie nicht selbst auch einst Akteure einer ähnlichen Szene sein, als müßten nicht auch sie einst sterben. Ich war indessen weit entfernt, diese Übungen zu verachten. Gibt es eine einzige, die der Mensch in seiner Unwissenheit als unnütz bezeichnen dürfte? Sie wirkten beruhigend auf Ellénore, sie halfen ihr jenen schrecklichen Schritt zu erleichtern, den wir alle tun müssen, ohne daß wir vorhersehen könnten, was uns dann bewegt. Ich wundere mich nicht, daß der Mensch einer Religion bedarf; was mich befremdet, ist vielmehr, daß er sich je stark genug und über das Unglück erhaben wähnen kann, um sie von sich zu weisen. Er sollte sich vielmehr in seiner Schwäche veranlaßt fühlen, bei allen Hilfe zu suchen. In der tiefen Nacht, die uns umgibt, dürfen wir da auch nur einen Lichtschimmer zurückweisen? Dürfen wir mitten im Strom, der uns mit sich reißt, auch nur einen Zweig verschmähen, an den wir uns halten könnten?

Der Eindruck, den diese düstere Zeremonie auf Ellénore gemacht haben mußte, schien sie ermattet zu haben. Sie sank in einen ziemlich ruhigen Schlaf. Sie erwachte weniger leidend; ich war allein in ihrem Zimmer; wir sprachen von Zeit zu Zeit miteinander, mit langen Pausen. Der Arzt, der sich in seinen Mutmaßungen als der geschickteste erwiesen hatte, hatte mir vorausgesagt, sie werde keine vierundzwanzig Stunden mehr leben. Ich sah abwechselnd zu der Wanduhr, die die Stunden bezeichnete, und auf Ellénores Gesicht, auf dem ich keine neue Veränderung bemerken konnte. Jede Minute, die dahinging, belebte meine Hoffnung, und ich fing an, die Voraussagen einer trügerischen Kunst in Zweifel zu ziehen. Plötzlich aber bäumte sich Ellénore heftig auf. Ich hielt sie zurück. Ein krampfartiges Zittern erschütterte ihren ganzen Körper. Ihre Augen suchten mich, aber in diesen Augen malte sich ein unbestimmtes Entsetzen, als hätte sie

Gnade von einem drohenden Wesen verlangt, das sich meinem Blick entzog. Sie erhob sich, sie fiel zurück, man sah, daß sie fliehen wollte. Man hätte glauben können, sie kämpfe gegen eine unsichtbare physische Macht, die, müde, länger des entscheidenden Augenblicks zu harren, sie plötzlich ergriffen habe und auf das Totenbett niederdrückte, um sie zu vernichten. Sie gab endlich dem erbitterten Wüten der feindseligen Naturgewalt nach. Ihre Glieder erschlafften; sie schien wieder etwas Bewußtsein zu gewinnen und drückte mir die Hand. Sie wollte weinen; doch sie hatte keine Tränen mehr! Sie wollte reden, sie fand keinen Laut. Sie ließ, wie in ihr Los ergeben, den Kopf auf den Arm sinken, der sie stützte; ihr Atem wurde langsamer; wenige Augenblicke später war sie nicht mehr.

Ich blieb lange regungslos bei Ellénore, die jetzt leblos dalag. Das Bewußtsein ihres Todes war noch nicht bis zu meiner Seele gedrungen. Meine Augen starrten mit dumpfem Staunen auf diesen leblosen Körper. Eine ihrer Frauen, die hereingekommen war, verbreitete endlich im Hause die traurige Neuigkeit. Die Geschäftigkeit, die um mich entstand, riß mich endlich aus der Lethargie, in die ich versunken war. Ich erhob mich. Das war der Augenblick, in dem ich den zerreißendsten Schmerz, alles Entsetzen eines Abschieds ohne Wiederkehr fühlte. All die Unruhe, die Geschäftigkeit des gewöhnlichen Lebens, all das Getriebe und all die Besorgungen, die sie nichts mehr angingen, ließen endlich die Täuschung schwinden, die ich zu verlängern suchte, diese Täuschung, durch die ich noch neben Ellénore zu leben meinte. Ich fühlte das letzte Band reißen, und die furchtbare Wirklichkeit trat für immer zwischen mich und sie. O wie drückte sie mich nieder, diese Freiheit, die ich so sehr vermißt hatte! Wie sehr entbehrte mein Herz nun jene Abhängigkeit, die mich so oft empört hatte! Sonst hatten alle meine Handlungen einen Zweck. Ich war sicher, durch jede entweder einen Schmerz zu ersparen oder eine Freude zu verursachen. Damals klagte ich darüber! Ich war unmutig, daß das Auge einer Freundin meine Schritte beobachtete, daß das Glück eines anderen davon abhing. Jetzt beobachtete sie niemand mehr, und sie erregten keines Menschen Teilnahme. Keiner beanspruchte meine Zeit und meine Stunden; keine Stimme rief mich zurück, wenn ich ging; im vollen Sinne des Worts war ich frei geworden; ich wurde nicht mehr geliebt und war aller Welt entfremdet!

Man brachte mir sämtliche Papiere von Ellénore, wie sie es befohlen hatte. In jeder Zeile fand ich neue Beweise ihrer Liebe, neue Opfer, die sie mir gebracht, doch verborgen hatte. Ich fand endlich auch jenen Brief, den ich zu verbrennen versprochen hatte. Ich erkannte ihn nicht sogleich. Er war ohne Anschrift und offen. Einige Worte fielen mir wider meinen Willen in die Augen, ich versuchte vergebens, sie abzuwenden; ich konnte dem Bedürfnis, den Brief ganz zu lesen, nicht widerstehen. Ich habe nicht die Kraft, ihn abzuschreiben. Ellénore hatte ihn nach einer der heftigen Szenen niedergeschrieben, die ihrer Krankheit vorhergingen. »Adolphe«, sagte sie, »warum wüten Sie gegen mich? Was ist mein Verbrechen? Sie zu lieben, ohne Sie nicht leben zu können. Aus welchem sonderbaren Mitleid können Sie eine Verbindung nicht trennen, die Sie bedrückt, zerfleischen Sie das unglückliche Wesen, bei dem Ihr Mitleid Sie zurückhält? Warum verweigern Sie mir das traurige Vergnügen, Sie wenigstens großmütig zu glauben? Warum zeigen Sie sich wütend und schwach? Der Gedanke meines Leidens verfolgt Sie, doch das Schauspiel dieses Leidens kann Sie nicht zu Mäßigung bewegen! Was verlangen Sie? Daß ich Sie verlasse? Sehen Sie nicht, daß mir dazu die Kraft mangelt? Ach! Sie, der nicht mehr liebt, Sie müssen in Ihrem Herzen, das meiner überdrüssig ist und das so viel Liebe nicht entwaffnen kann, jene Kraft finden. Sie werden mir diese Kraft nicht geben, Sie lassen mich in Tränen hinschmachten, Sie lassen mich zu Ihren Füßen sterben. Sagen Sie nur ein Wort«, fuhr sie an anderer Stelle fort, »gibt es ein Land, wohin ich Ihnen nicht folgen wollte? Gibt es eine Zufluchtsstätte, an der ich mich nicht gern verbergen würde, um bei Ihnen zu leben, ohne eine Last zu sein, die Ihr Leben niederdrückt? Aber nein, Sie wollen es nicht. Alle Pläne, die ich Ihnen furchtsam und zitternd, denn Sie haben mich das Entsetzen gelehrt, vorlege, Sie stoßen sie mit Unwillen zurück. Das Beste, was ich von Ihnen erhalten kann, ist Ihr Stillschweigen. So viel Härte ist Ihrem Charakter fremd. Sie sind gut; Ihr Handeln ist edel und voll Hingabe; aber welche Taten vermöchten Ihre Worte auszulöschen? Diese herben Worte klingen in meinen Ohren wider! Ich höre sie des Nachts, sie verfolgen, sie verschlingen mich und machen alles zunichte, was Sie tun. Muß ich denn sterben, Adolphe? Wohl denn, Sie sollen zufriedengestellt werden. Es wird sterben, das arme Geschöpf, dem Sie einst wohlwollten, das Sie aber nun mit immer heftigeren Streichen treffen. Sie wird sterben, diese lästige Ellénore, die Sie nicht um sich dulden wollen, die Sie wie ein Hindernis betrachten, deretwegen Sie auf Erden keinen Platz finden, der Ihnen nicht zuwider wäre. Sie wird sterben. Sie werden allein mitten durch die Menge wandeln, unter die sich zu mischen Sie so sehr verlangen. Sie werden diese Menschen kennenlernen, denen Sie jetzt für ihre Gleichgültigkeit so dankbar sind; und vielleicht werden Sie sich eines Tages, wenn Sie sich von diesen dürren Herzen gekränkt fühlen, nach jenem

Herzen zurücksehnen, über das Sie geboten, das von Ihrer Neigung lebte, das zu Ihrer Verteidigung tausend Gefahren getrotzt hätte, doch das Sie nicht mehr mit einem einzigen Blick belohnen wollen.«

BRIEF AN DEN HERAUSGEBER

Ich schicke Ihnen, mein Herr, das Manuskript, das Sie mir gütigst anvertraut haben, wieder zurück. Ich danke Ihnen für diese Gefälligkeit, hat sie gleich in mir traurige Erinnerungen wiedererweckt, die die Zeit fast ausgelöscht hatte. Ich kannte die meisten jener Menschen, die in Ihrer Geschichte auftreten; denn sie ist nur zu wahr. Ich habe diesen sonderbaren unglücklichen Adolphe, der zugleich Ihr Erzähler wie Ihr Held ist, oft gesehen. Ich versuchte, durch meine Ratschläge diese liebenswürdige Ellénore, eines bessern Loses und eines treuern Herzens wert, jenem unheilbringenden Wesen zu entreißen, das, nicht weniger elend als sie, sie durch eine Art innerer Liebenswürdigkeit beherrschte und durch seine Schwäche zerriß. Ach! Als ich sie das letztemal sah, glaubte ich ihr ein wenig Stärke gegeben und ihren Verstand gegen ihr Herz stark gemacht zu haben. Nach einer zu langen Abwesenheit kam ich an den Ort zurück, wo ich sie verlassen hatte, und fand nur ein Grab.

Sie sollten diese Erzählung bekanntmachen. Sie kann jetzt niemanden mehr kränken und würde meiner Meinung nach nicht ohne Nutzen sein. Ellénores Unglück beweist, daß auch die leidenschaftlichste Empfindung nichts gegen die Ordnung der Dinge vermag. Die Gesellschaft ist zu mächtig, erneut sich unter zu vielen Gestalten und mengt einer Liebe, die sie nicht billigt, zu viel Bitterkeit bei. Sie begünstigt die Neigung zur Unbeständigkeit und den ungeduldigen Überdruß, Krankheiten der Seele, die uns oft selbst im Schoße inniger Vertrautheit ergreifen. Die Gleichgültigen fühlen einen wunderbaren Drang, im Namen der

Sittlichkeit zu Verfolgern zu werden und aus Eifer für die Tugend Schaden zu stiften. Man könnte sagen, der Anblick wahrer Neigung belästige sie, weil sie ihrer nicht fähig sind, und finden sie einen Vorwand, so schaffen sie sich gern das Vergnügen, sie zu verfolgen und zu vernichten. Unselig also eine Frau, die in einer Neigung sicher zu sein glaubt, die zu vergiften alles sich vereinigt und gegen welche die Gesellschaft, wenn sie sie nicht als gesetzmäßig zu ehren sich gezwungen fühlt, sich mit allem, was nur in dem Herzen des Menschen Schlechtes ist, bewaffnet, um jedes Gute, das sich darin findet, mutlos zu machen.

Das Beispiel von Adolphe wird nicht weniger belehrend sein, wenn Sie hinzufügen, daß, nachdem er das Wesen, das ihn liebte, von sich stieß, er nicht weniger unruhevoll, unstet und unzufrieden als vorher war, daß er von einer auf Kosten so vieler Leiden und Tränen wiedererlangten Freiheit keinen Gebrauch machte und daß er, der sich zunächst des Tadels wert zeigte, auch des Mitleids würdig geworden ist.

Wollen Sie Beweise, so lesen Sie beiliegende Briefe, die Sie über Adolphes weiteres Schicksal aufklären werden. Sie werden ihn in sehr verschiedenen Lagen immer nur als ein Opfer jener Mischung von Egoismus und Empfindsamkeit finden, die sich in ihm zu seinem wie zu anderer Unglück vereinigte; das Unglück vorhersehend, ehe er es zufügte, und voll Verzweiflung zurückweichend, wenn er es getan hatte, durch seine Vorzüge mehr noch als durch seine Fehler gestraft, weil diese Vorzüge mehr in Regungen des Gemüts als in Grundsätzen ihre Quelle hatten; wechselweise der hingebungsvollste und der härteste der Menschen, der aber immer mit Härte endigte, nachdem er mit Hingebung begonnen hatte, so daß er keine anderen Spuren zurückließ als die seines Unrechts.

ANTWORT

Ja, ich werde die Handschrift, die Sie mir zurücksenden, bekanntmachen. Nicht als dächte ich wie Sie über den Nutzen, den sie haben könnte; jeder wird vielmehr in dieser Welt nur durch den eigenen Schaden klug; die Frauen, die sie lesen, werden alle glauben, entweder einen Edleren als Adolphe gefunden zu haben oder mehr wert zu sein als Ellénore. Aber ich werde sie als eine wahre Darstellung der Erbärmlichkeit des menschlichen Herzens veröffentlichen. Wenn sie eine nützliche Lehre enthält, so gilt sie vorzüglich den Männern. Sie beweist, daß jener Geist, auf den man so stolz ist, weder hilft, das Glück zu finden, noch glücklich zu machen; sie beweist, daß Charakter, Festigkeit, Treue, Güte die Gaben sind, um die wir den Himmel anflehen sollten; doch nenne ich Güte nicht jenes flüchtige Mitleid, das den Überdruß nicht zu bezwingen vermag und ihn nicht verhindert, Wunden wieder aufzureißen, die ein Augenblick der Reue geschlossen hatte. Die große Schuld des Lebens ist der Schmerz, den wir verursachen, und die spitzfindigste Weisheit wird den Mann nicht zu rechtfertigen vermögen, der das Herz zerriß, das ihn liebte. Ich hasse übrigens den Dünkel des Geistes, der das, was er erklären kann, auch für entschuldigt hält, ich hasse die Eitelkeit, die sich mit sich beschäftigt, indem sie das Übel, das sie getan, erzählt, die, indem sie sich beschreibt, Anspruch auf Mitleid erhebt und die, unzerstörbar noch über den Ruinen schwebend, sich selbst zergliedert, statt zu bereuen. Ich hasse jene Schwäche, die ihre eigene Ohnmacht immer anderen zuschiebt und nicht bemerkt, daß das Übel nicht in der Umwelt, sondern in ihr selbst liegt. Ich hätte erahnt, daß Adolphe für seinen Charakter durch diesen Charakter selbst bestraft worden ist, daß er keinen bestimmten Weg verfolgt, keine nützliche Tätigkeit ausgeübt, daß er seine Talente ohne Richtung, nur seiner Laune folgend, ohne Kraft, nur seiner Reizbarkeit nachgebend, verzehrt hat. Ich würde, sage ich, dies alles vorausgesehen haben, hätten Sie mir auch nicht über sein Schicksal ausführlichere Nachrichten mitgeteilt. Ich weiß nicht, ob ich von diesen Nachrichten Gebrauch machen werde; denn Begebenheiten und deren Umstände sind überall das Wenigste, der Charakter ist alles. Vergebens wechselt man die Gegenstände und bricht mit den Menschen, die einen umgeben, wenn man sich selbst nicht zu ändern vermag. Man wechselt seine Lage in der Welt, man bringt aber in jede die Qual mit, von der man sich zu befreien hoffte; und da man sich nicht bessert, indem man den Ort wechselt, so findet man endlich nur, daß man der Reue neue Gewissensbisse hinzufügte und dem Leiden neue Schuld.

ANHANG

ZEITTAFEL

1767 25. Oktober. Benjamin Constant de Rebecque in Lausanne geboren. – Der Vater, Louis-Arnold-Juste Constant de Rebecque (1726–1812), ein Offizier in holländischen Diensten, und die Mutter, Henriette-Pauline de Chandieu (1742–1767), entstammen protestantischen Familien französischen Ursprungs. Die Mutter stirbt kurz nach der Geburt, und der Vater, der zu seinem Sohn auch in späteren Jahren kein von Offenheit geprägtes Verhältnis entwickeln kann, vertraut die Erziehung des Kindes zunächst den Großmüttern, ab 1772 Marianne Magnin, seiner späteren zweiten Frau, an. Schließlich übernehmen rasch wechselnde, oft dubiose Hauslehrer die Erziehung des Kindes, das früh ungewöhnliche Fähigkeiten zeigt. Zahllose Reisen prägen von frühester Kindheit an das Leben von Constant.

1780 Erster kurzer Aufenthalt in London und Oxford.

1782 Student in Erlangen und Gast am Hof der Markgrafen von Ansbach.

1783 Student in Edinburgh. Constant wird Mitglied der exklusiven »Speculative Society«. Die »Schottische Schule« (Adam Smith, A. Ferguson, W. Robertson) prägt Constants Denken und wissenschaftliche Orientierung nachhaltig. Rückblickend bezeichnet Constant die Edinburgher Studienjahre als die schönste Zeit seines Lebens.

1785 Er wohnt in Paris im Hause des Literaten Suard. Gegen Ende des Jahres faßt er den Plan, ein

Werk über den Polytheismus zu schreiben, in dem nach dem Vorbild der Aufklärer eine radikale Religionskritik entwickelt werden soll.

1787 Von neuem in Paris. Constant lernt die Schriftstellerin Isabelle de Charrière kennen (1746–1805), eine scharfsinnige und skeptische Frau, die auf ihn einen tiefen Einfluß ausübt. Wie schon in Edinburgh oder Erlangen beendet die Spielerleidenschaft Constants Pariser Aufenthalt, und um dem Zugriff seines Vaters zu entgehen, flieht er nach England, wo er mehrere Monate fast ohne Geld unterwegs ist.

1788 Constant wird in Braunschweig Kammerjunker des Herzogs Carl Wilhelm Ferdinand. Dort lernt er den Physiokraten Jacob Mauvillon kennen (1743–1794), dessen aufklärerische Humanität ihn sehr beeindruckt.

1789 Constant heiratet Minna von Cramm; die Ehe verläuft unglücklich und wird schließlich 1795 geschieden.

Constant beobachtet mit großer Aufmerksamkeit und Sympathie die Französische Revolution, deren Verlauf er in seiner Korrespondenz kommentiert.

1793 Erste Begegnung mit Charlotte von Hardenberg (1769–1845), seiner späteren zweiten Frau.

Während des von zahlreichen Reisen (Lausanne, Den Haag) unterbrochenen Aufenthaltes in Braunschweig setzt Constant seine historischen und theologischen Studien fort.

1794 18. September. Constant begegnet Mme de Staël (1768–1817) zum ersten Mal bei den Cazenove d'Arlens am Genfer See. Von ihrem Charme und brillanten Geist fühlt er sich unwiderstehlich angezogen und wirbt zunächst lange erfolglos um sie. Diese Begegnung, die Constant von Mme de Charrière innerlich entfernt, bestimmt wie kein anderes Ereignis sein ganzes weiteres Leben. Unter wechselseitigem Einfluß und oft in engster Zusammenarbeit entsteht ein umfangreiches literarisches und politisches Œuvre, das in Frankreich und Deutschland rasch rezipiert wird. Um Mme de Staël, die nach Napoleons Machtantritt sehr bald politisch geächtet wurde, versammelt sich in Coppet eine große Zahl bedeutender Männer und Frauen, von denen einige mit Constant befreundet bleiben: Sismonde de Sismondi, Nationalökonom und Historiker; Claude Fauriel, Historiker und Literat; Prosper de Barante, Historiker und Politiker; Victor von Bonstetten, Literaturkritiker und Literat; Charles de Villers, später Professor in Göttingen, der für die Vermittlung der französischen und deutschen Kultur von großer Bedeutung ist.

1795 Constant und Mme de Staël treffen nach dem Ende der Maiunruhen in Paris ein. Mme de Staël eröffnet einen Salon, und Constant versucht, durch journalistische Arbeiten, Broschüren *(De la force du gouvernement actuel de la France et de la nécessité de s'y rallier)* und über einen politischen Club (Club de Salm, 1797) die liberale Politik der Republik, später des Direktoriums zu stützen. Er erwirbt aus dem konfiszierten Vermögen des Adels und der Kirche Grundbesitz und versucht, durch Mitarbeit in der lokalen Verwaltung (Luzarches) eine politische Karriere vorzubereiten, zunächst vergeblich.

1797 Geburt seiner Tochter Albertine de Staël, der späteren Mme de Broglie.

1798 Beginn der Bekanntschaft mit Julie Talma, der

Frau des Schauspielers Talma, der er bis zu ihrem Tod eng verbunden bleibt.

1799–1802 Constant wird Mitglied des Tribunats, und zwar obwohl er, entgegen den Gerüchten, schon vor dem Staatsstreich des 17. Brumaire die Gefahr einer Diktatur Napoleons erkannt und denunziert hat. Seine Reden in dieser Versammlung zeigen ihn als entschiedenen Anhänger einer republikanischen Opposition.

1800–1801 Leidenschaftliche Verbindung zu Anna Lindsay. Die Beziehung zu Mme de Staël ist häufig von tiefen Krisen bestimmt.

1802–1803 Nach dem Ausschluß aus dem Tribunat nimmt Constant die Arbeit an umfangreichen Werken zur politischen Theorie wieder auf. Es entstehen eine Übersetzung des englischen politischen Theoretikers Godwin und eine umfangreiche Abhandlung *La possibilité d'une constitution républicaine dans un grand pays*.

Zugleich schreibt Constant an einer tagebuchartig gehaltenen Schrift, *Amélie et Germaine*, die sein Zögern zwischen zwei Frauen (Mme de Staël und der Genferin Amélie Fabri) reflektiert.

1803–1804 Constant begleitet Mme de Staël auf ihrer Reise nach Weimar, wo er mit Goethe, Schiller, Wieland und A. W. Schlegel zusammentrifft. Er nimmt seine historischen Studien mit großem Eifer wieder auf. Das Werk über den Polytheismus droht in der Materialfülle und in methodischen Schwierigkeiten zu ersticken. – Zugleich beginnt er das erste der drei erhaltenen Tagebücher.

1805 Constant richtet sich in der Nähe von Paris ein, während Mme de Staël in Schlegels Begleitung nach Italien reist. Diese Zeit ist mit intensiver Arbeit erfüllt.

Nach mehr als zehn Jahren trifft er Charlotte von Hardenberg, jetzt Mme du Tertre, wieder.

1806 Die Auseinandersetzungen mit Mme de Staël nehmen immer heftigere Formen an, während sich eine leidenschaftliche Beziehung zu Charlotte entwickelt.

In dieser Zeit beginnt er wahrscheinlich die Arbeit an dem *Esprit de conquête et de l'usurpation* und den *Principes de politique applicables à tous les gouvernements*, die nach verschiedenen Umarbeitungen 1815 zum ersten Mal veröffentlicht werden.

Im Oktober beginnt Constant die Arbeit an *Adolphe*; der Roman liegt in einer ersten Fassung wahrscheinlich schon Ende Dezember vor, doch wird er bis zu seiner Veröffentlichung 1816 nur einigen Freunden, später einem etwas größeren Publikum vorgelesen. – Gleichzeitig entsteht Mme de Staëls zweiter großer Roman *Corinne*.

1808 Constant, der Mme de Staël ins Exil nach Coppet am Genfer See gefolgt ist, arbeitet an einer Adaptation von Schillers *Wallenstein*, die 1809 erscheint. Das Vorwort gehört zu den wichtigsten und frühesten Programmschriften der französischen Romantik.

Im Sommer heiratet er Charlotte. Mme de Staël erfährt dieses zunächst geheimgehaltene Ereignis erst ein Jahr später im Verlauf einer dramatischen Begegnung mit Charlotte.

1810 Constant, mit seiner Frau in Paris lebend, verkauft sein Landgut »Les Herbages«, um seine Spielschulden zu bezahlen. – Letztes, mehrere Monate andauerndes Zusammensein mit Mme de Staël, die ihr Werk *De l'Allemagne* zum Druck vorbereitet.

1811 Constant und seine Frau reisen über die Schweiz

nach Deutschland; man richtet sich in Göttingen ein, wo Constant bis zum Zusammenbruch der »Großen Armee« an seinem religionsgeschichtlichen Werk arbeitet. Das Buch liegt 1813 in einer vorläufigen, 44 Teile umfassenden Gestalt abgeschlossen vor.

Gleichzeitig arbeitet er an einem Roman autobiographischer Inspiration, *Cécile*, und an einer Biographie, *Ma vie (Le cahier rouge)*, die jedoch beide Fragment bleiben.

1812 Tod des Vaters. – Constant wird zum Korrespondierenden Mitglied der Göttinger Akademie der Wissenschaften ernannt.

1813 Arbeit an einem satirischen Epos politischer Inspiration, *Le siège de Soissons*, das gegen 1815 beendet, aber nicht publiziert wird.

1814 Das Buch *De l'esprit de conquête et de l'usurpation dans leurs rapports avec la civilisation européenne* erscheint. Die glänzende Analyse der napoleonischen Diktatur, die sofort ins Deutsche und Englische übersetzt wird, ist der erste Schritt in Richtung auf eine politische Betätigung. Constant nähert sich, unter dem Einfluß von Mme de Staël, zunächst Bernadotte, doch versucht er bald, in der Pariser Gesellschaft einen ihm gemäßen Platz zu finden. In kürzester Folge erscheinen neue Ausgaben des *Esprit de conquête* und programmatische Broschüren. Eine unglückliche Leidenschaft zu Mme Récamier, die mehr als ein Jahr dauert, stellt das kaum begonnene Werk und seine Existenz radikal in Frage.

1815 Nach Napoleons Landung in Frankreich organisiert Constant zunächst den Widerstand gegen den Kaiser; doch findet er sich in einem spektakulären und immer als Verrat an der liberalen

Sache mißverstandenen Revirement zur Zusammenarbeit mit Napoleon bereit. Er ist wesentlich an der Redaktion des »Acte additionnel«, der neuen, dem Buchstaben nach liberalen Verfassung Frankreichs, beteiligt. Zugleich erscheint in gekürzter Überarbeitung das Buch *Les principes de politique applicables à tous les gouvernements*, das über Constants politische Linie keinen Zweifel zuläßt.

Nach Waterloo weicht Constant vor dem Druck der »Terreur blanche« der 2. Restauration nach England aus, wo er Charlotte nach mehr als zweijähriger Trennung wiedertrifft. In England entstehen die *Mémoires sur les Cent-Jours*, eine Apologie seines politischen Handelns, die aber erst 1819 in der *Minerve française* zu erscheinen beginnt. – Zugleich bereitet Constant *Adolphe* für den Druck vor, der im Mai 1816 abgeschlossen ist.

1816 Nach der Rückkehr nach Paris erobert sich Constant durch politische Programmschriften und ab 1817 durch die Zeitschrift *Mercure de France*, deren Eigentum er erwirbt, die verlorene Position zurück. Er ist sehr bald der ideologische Führer der »Liberalen«, die sich damals noch die »amis de la liberté« nannten.

1817 Tod von Mme de Staël.

1818 Der *Mercure* fällt der Zensur zum Opfer; stattdessen läßt Constant die *Minerve française* erscheinen, deren Hefte er mit scharfsinnigen Analysen der politischen Wirklichkeit füllt.

1819 Nach mehreren gescheiterten Versuchen wird Constant als Abgeordneter ins Parlament gewählt. Er ist, mit einer Unterbrechung, bis zu seinem Tod einer der glänzendsten und gefürchtetsten Redner der Opposition und kämpft vor allem für Pressefreiheit, ein exakt kontrollierbares parlamentarisches System und Gerechtigkeit vor dem Gesetz. Im Laufe dieser Karriere entstehen mehrere hundert Reden, zahllose improvisierte Interventionen, zeitweilig in fast täglicher Folge Artikel für die Presse und einige Dutzend Programmschriften. Das Echo in der Öffentlichkeit ist groß, insbesondere bei der Jugend. Die Höhepunkte seiner Karriere sind außer den politischen Prozessen, die man gegen ihn anstrengt, sein Eintreten gegen die Willkür der Justiz (Affäre W. Regnault) und gegen den Sklavenhandel.

1822 Nach der Ermordung des Herzogs von Berry (1820) wird der Druck der Reaktion stärker. Constant publiziert dennoch den *Commentaire sur l'ouvrage de Filangieri*, ein Manifest des Liberalismus.

1823 Constant, in diesem Jahr ohne Mandat, nimmt sein Werk über den Polytheismus wieder auf. Ein erster Band erscheint 1824 unter dem Titel *De la Religion considérée dans sa source, ses formes et ses développements*. Weitere vier Bände kann er bis zu seinem Tod abschließen, zwei andere folgen postum (1833).

1824 Zum letzten Mal in der Schweiz. Die dritte, überarbeitete Ausgabe des *Adolphe* erscheint.

1827 Die *Discours de M. Benjamin Constant à la Chambre des députés* erscheinen in zwei Bänden.

1829 Constant bereitet die *Mélanges de littérature et de politique* vor, einen Sammelband, der seine Kandidatur für einen Sitz in der Académie française unterstützen soll. Doch dieser Versuch, wie schon frühere und ein weiterer im November 1830, scheitert. – Constant, von Jahr zu Jahr kränker, hält sich zur Kur in Baden-Baden auf. Auf seinen Reisen dorthin trifft er mit seinen politischen Freunden aus dem Elsaß zusammen, die ihn begeistert empfangen.

1830 Constant hat an der Julirevolution einen wesentlichen Anteil. Er unterstützt Louis Philippe, dem er sich seit einigen Jahren schon vorsichtig genähert hatte, als Kandidaten für den französischen Thron. Doch nach der erfolgreichen Neuorientierung Frankreichs distanziert sich Constant trotz seines hohen Amtes – er ist Staatsrat – von den neuen Machthabern.

8. Dezember. Nach erschöpfender Krankheit stirbt Benjamin Constant. Man bereitet ihm ein Staatsbegräbnis und setzt ihn auf dem Friedhof Père-Lachaise bei.

NACHWORT

Merkwürdig, daß aus Komödie
bei genügender Systematik
Wirklichkeit werden kann.
(Kafka, Tagebücher)

Als der *Adolphe* im Mai 1816 bei Colburn in London herauskam, war der Roman einigen Lesern schon bekannt. Constant selbst hatte davon erzählt, hatte ihn in seiner Korrespondenz beiläufig erwähnt, hatte daraus vorgelesen, einigen engeren Freunden zunächst, Mme de Staël in erster Linie, später in Pariser Salons, auf einer Gesellschaft in Göttingen, in vornehmen Häusern Londons. Man berichtete sich seine Eindrücke, tauschte seine Meinung über das Buch aus. Die Reaktion seines Publikums war Constant aus verschiedenen Gründen wichtig: natürlich interessierten ihn Beobachtungen zur künstlerischen Gestaltung; aber auch das moralische Urteil über die Helden seiner Erzählung war für ihn von Bedeutung, denn sie betrafen ihn persönlich, wie noch zu berichten sein wird. Die Reaktionen des Publikums, die er offenbar empfindlich registrierte und gelegentlich auch in seinem Tagebuch vermerkte, dürften auf die Ausgestaltung des Romans einen nicht unerheblichen Einfluß gehabt haben. Auch die verhältnismäßig lange Zeit von etwa acht Jahren, die zwischen der Fertigstellung des Manuskripts und dem Druck des Romans vergehen, läßt darauf schließen, daß für Constant eine Veröffentlichung erst dann in Frage kam, als keine Mißverständnisse mehr zu befürchten waren, als für ihn selbst die etwas voreiligen und indiskreten Assoziationen, die die Fiktion zuzulassen scheint, keine aktuellen Fragen mehr darstellten. Und das war, soweit wir die Biographie Constants überhaupt überschauen können, zum Zeitpunkt der Drucklegung der Fall. Für Constant ging mit der bevorstehenden Rückkehr nach Frankreich nach dem Jahr eines halb freiwilligen Exils in England – er verließ die Insel Ende Juli und kam Anfang Oktober 1816 in Paris an – eine Lebensepoche zu Ende, sollte eine neue beginnen. Die verzehrende und in jeder Hinsicht ruinöse Leidenschaft zu Juliette Récamier, von der man sagt, sie sei die schönste Frau der damaligen Pariser Gesellschaft gewesen, das Wiedersehen mit Charlotte, die mehr als zwei Jahre zuvor, als er im Gefolge Bernadottes Deutschland verlassen hatte, in Hannover zurückgeblieben war, die sich von neuem eröffnenden Möglichkeiten einer politischen Karriere in Frankreich – es ist der vierte Versuch, sich aktiv in die französische Politik einzuschalten, und Constant ist fest entschlossen, dieses Mal nicht zu scheitern – bezeichnen einen tiefen Einschnitt in seiner Biographie. Mit der Veröffentlichung des Romans – von dem er wußte, daß er erfolgreich sein würde: also auch politisches Kalkül mag diesen Entschluß mitbestimmt haben – beginnt für Constant der endgültig letzte Abschnitt seines Lebens. Schon vier Jahre zuvor hatte er festgehalten, daß er das Buch zu jenem Zeitpunkt nicht mehr hätte schreiben können (Tagebuch vom 8. Januar 1812). Die Probleme, die ihn zur Zeit der Abfassung und der Überarbeitung des Romans beinahe verzweifeln ließen, waren jetzt nicht mehr aktuell: denn die Leidenschaft für Juliette Récamier war endlich überwunden, das Verhältnis zu Charlotte geklärt, die Bindung an Mme de Staël hatte sich zu einer ruhigen, distanzierten Freundschaft entwickelt, die politische Arbeit war sein einziger Lebensinhalt geworden. Die dargestellte Problematik konnte jetzt von einer objektiven Warte aus gelassener, jedoch nicht ohne Teilnahme betrachtet werden.

Das war früher nicht der Fall, wie die Entstehungsgeschichte des Romans zeigt, in der es an dramatischen Episoden nicht fehlt. Leider ist unsere Dokumentation zu lückenhaft, um eine verläßliche Darstellung der Umstände geben zu können, die die Genese des Buches bestimmten. Hier in knapper Zusammenfassung, was wir darüber wissen.[1]

Der erste Hinweis auf einen Roman, der, wie sich sogleich zeigen wird, zwar mit *Adolphe* zu tun hat, aber nicht mit ihm identisch ist, findet sich in Constants Tagebuch. Am 30. Oktober 1806 notiert er: »An Charlotte geschrieben. Einen Roman begonnen, der unsere Geschichte darstellen wird. Jede andere Arbeit wäre mir unmöglich.« Damit ist einerseits klargestellt, daß das Projekt sich plötzlich anmeldet und in die Tat umgesetzt wird, daß es andere Arbeiten, in diesem Falle die neuerliche Revision der *Principes de politique*, machtvoll beiseite drängt und daß die seit kurzem wiedererwachte Leidenschaft für Charlotte von Hardenberg, damals Mme du Tertre, sozusagen das Thema des Romans stellte: »notre histoire«, die für Charlotte, weniger für Constant selbst, an Enttäuschungen nicht arme Geschichte einer unerfüllt gebliebenen Leidenschaft, die nach einem Jahrzehnt des Wartens und Vergessens ihre Erfüllung finden konnte. Nichts davon ist in *Adolphe* zu finden, einiges jedoch in *Cécile*. Verschiedene Notizen der folgenden Tage bestätigen unseren ersten Eindruck: »Den Roman sehr weit ge-

[1] Die folgenden Ausführungen setzen eine umfangreiche wissenschaftliche Diskussion voraus, die ich hier jedoch nicht referieren kann. Der interessierte Leser sei auf das Werk von P. Delbouille verwiesen, in dem er die nötigen Referenzen finden kann, um in diese Frage tiefer einzudringen.

fördert, der in mir süße Erinnerungen weckt.« (31. 10. 1806) Und ferner: »Immer noch an diesem Roman gearbeitet. Es wird mir nicht schwerfallen, darin einen Engel darzustellen.« (1. 11. 1806) Zwei weitere Einträge (2. und 5. 11. 1806) bestätigen, daß die Arbeit an dem Roman ihm willkommene Gelegenheit ist, sich mit Charlotte zu beschäftigen. Ein erster Zweifel meldet sich freilich an (4. 11. 1806): er betrifft die zu monotone Form. Und dann erscheint am 10. November 1806 die erste Notiz, die wir mit Sicherheit mit *Adolphe* in Verbindung bringen können: Constant hat die formale Eintönigkeit durch einen Einschub aufzulockern versucht: »Meine Episode über Ellénore weit vorangetrieben. Ich zweifle sehr, ob ich genügend Ausdauer habe, den Roman zu beenden.« Die sprachliche Unterscheidung zwischen ›épisode d'Ellénore‹ und ›roman‹ wird in den folgenden Einträgen beibehalten (12., 13., 14. und 15. November). Die eingeschobene Episode hat offenbar die Tendenz, sich zu verselbständigen; Constant verwirft jedoch zunächst den Gedanken, sie außerhalb des Romankontexts zu publizieren.

Obwohl wir keinen Text haben, sondern nur einen Namen erfahren, nichts weiter als eine terminologische Differenzierung bemerken und formale Zweifel konstatieren, können wir festhalten, daß *Adolphe* sich wahrscheinlich schon bald aus einer Geschichte mit autobiographischem Stoff herausschält. Am 14. Oktober stellt Constant zufrieden fest: »Meine Episode fast beendet.«

In der Folge wird die Arbeit unübersichtlicher. Zunächst wächst der Überdruß an dem Roman selbst, obwohl sein Freund Claude Hochet, dem er Ende November aus dem Manuskript vorliest, günstig urteilt. Der Zweifel scheint sich aus formalen Schwächen des Projekts zu ergeben, das Constant ab dem 12. Dezember wieder aufnimmt, in der Hoffnung, es bald abzuschließen. Die Arbeit betrifft offenbar in erster Linie eine überzeugende Disposition des Stoffes, denn am 16. Dezember heißt es gleich zweimal: »Den Plan meines Romans verbessert«, wobei sich aus der relativ ausführlichen Notiz vom 21. Dezember entnehmen läßt, daß Constant Schwierigkeiten hat, die Darstellung des Todes von Ellénore mit der Handlung des Romans im engeren Sinn zu verbinden: »An meinem Roman gearbeitet. Wenn ich noch die beiden Kapitel geschrieben habe, die die Geschichte mit dem Tod Ellénores verknüpfen, werde ich ihn so belassen, wie er ist.« Die Arbeit der dann folgenden Tage scheint dies zu ermöglichen, denn am 28. Dezember liest Constant das Werk als Ganzes vor, in Gegenwart von Mme de Staël, die ihm eine heftige Szene macht. Nach der Lesung kann er zufrieden feststellen, daß man den Sinn des Buches erfaßt habe und daß sich auch eine größere darstellerische Schwierigkeit hat lösen lassen: Der immer noch namenlose, aber auf jeden Fall schon als schwache Natur konzipierte Held darf außer der Verbindung zu Ellénore (und natürlich zu der Frauengestalt, die im Hauptteil des Romans dargestellt wird) nicht noch zusätzlich mit einer weiteren Frau in Verbindung gebracht wrden, denn: »Ellénore würde [beim Leser] kein Interesse mehr finden, und wenn der Held einer anderen Frau gegenüber Verpflichtungen einginge, ohne sie zu halten, würde seine Schwäche hassenswert.« Diese Bemerkung ist insofern von Interesse, als sie das Rätsel des einzigen Notizzettels, der sich aus jener Zeit erhalten hat und der eine Verdoppelung der Frauenbeziehungen des Helden vorsieht, erklärt und weil sie ferner, was wichtiger ist, exakt zu der Beschreibung einer Version des Romans paßt, die wir Constants Freund Coulmann verdanken.[2] Dieses viel zu wenig beachtete Dokument gibt noch zwei weitere wichtige Aufschlüsse: Es zeigt zunächst, daß der ursprüngliche Roman offenbar wenigstens teilweise als Briefroman konzipiert war, was bei dem künstlerischen Einfluß von Mme de Staël auf Constant nahelag und durchaus auch der Mode der Zeit entsprach. Ferner macht es die Unzufriedenheit von Constant mit dieser Fassung des Werkes verständlich, die durch Coulmanns Zeugnis auch in Textproben belegt ist: es wirkt in der Tat zu breit angelegt, spannungslos. Constant hat also, so muß man schließen, in den letzten Dezembertagen 1806 eine Korrektur des Planes vorgenommen und den Roman dann bald abgeschlossen. Die Notizen aus dem Jahre 1807 beziehen sich auf ein fertiges Buch.

Wann nun *Adolphe* nach tiefgreifenden Umarbeitungen aus dem ursprünglich wahrscheinlich kontrapunktisch angelegten Roman ausgegliedert wurde, können wir nicht mit Gewißheit sagen. Die Tagebücher für die Zeit von Januar 1808 bis Mai 1811 fehlen. Die Anspielungen auf seine Arbeit, die Constant in seine Korrespondenz einstreut, lassen vermuten, daß er dem Roman im Frühjahr oder Frühsommer 1809, als er ein letztes Mal längere Zeit mit Mme de Staël in Coppet war, die Gestalt gegeben hat, in der wir ihn heute lesen. Die Veränderungen dürften eine Straffung der Darstellung, die distanzierte Sprache und die Aufgabe der Briefform, die durch Coulmann gut bezeugt ist, ergeben haben. Jedenfalls läßt Constant diese neue und quasi definitive Fassung im Sommer 1810 in Band I seiner »Oeuvres manuscrites« abschreiben. Die späteren Korrekturen betreffen nur noch stilistische Retu-

2 Coulmann, Réminiscences, Paris 1862–1869 (Reprint Genf 1973), Bd. 3, S. 77–83.

schen, kleinere Erweiterungen oder Tilgung einiger funktionsloser Motive und schließlich die Abfassung von zwei klärenden Vorworten.

Eine weitere Frage, die ich hier nur kurz anschneiden will, ist das Verhältnis von *Adolphe* zu *Cécile*. Obwohl beide Texte grundverschieden sind, gehören sie doch insofern zusammen, als das *Cécile*-Fragment mit großer Wahrscheinlichkeit ebenfalls aus dem ursprünglichen Romanprojekt hervorgegangen sein dürfte. Denn diese Erzählung zwischen Autobiographie und Fiktion entspricht exakt der in den Tagebüchern bekundeten Absicht, die Geschichte der Verbindung Constants mit Charlotte von Hardenberg in idealisierender und auch mystifizierender Überhöhung darzustellen, das Bewußtsein eines geschenkten Glücks in literarischer Gestaltung zu reflektieren. Dennoch wäre es falsch anzunehmen, daß *Cécile* dem ursprünglichen Rahmenteil des *Adolphe* entspräche. Auch hier müssen wir tiefgreifende Umarbeitungen des ursprünglichen, aber verlorenen Textes annehmen, die wir wahrscheinlich für das Jahr 1811 ansetzen können. Überraschend ist die völlig andere, etwas monotone Tonlage, die *Cécile* von *Adolphe* unterscheidet. In dem einen Fall gestaltet Constant einen tragischen Roman, der genau seiner im Vorwort des *Wallstein* entwickelten Theorie des modernen tragischen Denkens entspricht. In *Cécile* hingegen entsteht ein romantisch überhöhtes, idealisierendes Bild einer dank der himmlischen Fügung schließlich glücklichen Liebesverbindung. Das Leiden ist die auszeichnende Prüfung, Indiz für die Erwähltheit der Helden. Die Nähe zur Autobiographie ist entschieden größer, ja gelegentlich ist *Cécile* unsere einzige Quelle für bestimmte Vorfälle aus Constants Leben.

Die beiden Werke haben also einen ursprünglichen

gemeinsamen Konvergenzpunkt, den Plan von Oktober 1806; doch haben sie sich im Laufe der Jahre verselbständigt, und nur *Adolphe* hat, weil von Constant schließlich publiziert und von einem aufnahmebereiten Publikum sehr rasch rezipiert, einen festen Platz in der Literaturgeschichte eingenommen. Dagegen bleibt das *Cécile*-Fragment, das bis zur Mitte dieses Jahrhunderts völlig unbekannt geblieben ist, trotz seiner unbestreitbaren Qualitäten und trotz seiner Bedeutung für das Verständnis des Werkes von Constant, eher ein Text von untergeordnetem Rang.

Constants Roman hatte schon vor seinem Erscheinen bestimmte Erwartungen geweckt. Die Lesungen in kleinem Kreis, das gelegentliche Ausleihen des Manuskripts förderten eher den Klatsch, als ihn zu verhindern, und das Publikum meinte, in dem endlich publizierten Buch Aufschlüsse über Constants Verhältnis zu Mme de Staël oder anderen Frauen finden zu können. Constant sah sich genötigt, schon wenige Wochen nach dem Erscheinen des Buches eine entsprechende Notiz im *Morning Chronicle* erscheinen zu lassen, um einer indiskreten und auch unverschämt offenherzigen Neugier entschieden zu wehren. Ohne viel Erfolg, denn trotz dieses Dementis und trotz sehr deutlicher Proteste im Vorwort zur zweiten Auflage haben die Zeitungen und mit noch größerem Eifer die gelehrten Kommentatoren und Herausgeber die Suche nach möglichen Vorbildern für Ellénore nicht aufgegeben und ihre auch in methodischer Hinsicht durchaus fragwürdigen Hypothesen entwickelt. Alle Frauen, die Constant gekannt hat, Mme de Staël in erster Linie, aber nicht minder bald Anna Lindsay, Mme de Charrière, Julie Talma, Mme Récamier erscheinen in den wissenschaftlichen Untersuchungen als mögliche Vorbilder für Constants Heldin. Dabei kommt es den Autoren nicht nur darauf an, Ellénore mit der einen oder anderen dieser Frauen zu identifizieren, so daß der Roman als eine Art öffentlicher Abrechnung zu lesen wäre, sondern man bemüht sich auch, die raffinierte Montage einzelner Züge verschiedener Charaktere zu einem stimmigen Charakter nachzuweisen. Zudem sieht man auch die verdammungswürdige Schwäche des Helden selbst als treuen Spiegel von Constants dubioser Natur und prangert diese dann entsprechend an. Zweifellos sind in den *Adolphe* zahllose Erinnerungen an gelebte Augenblicke, an bestimmte Situationen, an Stimmungen, Umstände, Gespräche oder Begegnungen eingeflossen, und Constant gibt dies sogar selber zu (»non ignara mali« – nicht unkundig des Leids – Tagebuch vom 28. 12. 1806). Sie geben gleichsam das Rohmaterial einer fiktionalen Darstellung ab, bei deren Lektüre sich der eine oder andere an bestimmte Vorfälle erinnern mochte, die wir teilweise sogar aus anderen Quellen belegen können. Doch damit ist für das Verständnis des Romans kaum etwas gewonnen, ebensowenig wie bei einem Gemälde die Zusammensetzung der verwendeten Farbe etwas über die Bedeutung der mit ihr erzielten Effekte besagt. Es handelt sich bei diesen Untersuchungen, die in sich sogar reizvoll sein können, nur um die Analyse der Materialseite des Kunstwerks, um die Beschreibung von Strukturen des Zeichens, nicht jedoch um dessen Bedeutung.[3]

Adolphe, so liest man immer wieder, ist ein psychologischer Roman, ein »roman d'analyse«. Diese Fest-

[3] Die ausführlichste und am besten dokumentierte Zusammenfassung dieses Interpretationsansatzes, der sich methodisch vor allem auf den französischen Literaten und Literaturkritiker Sainte-Beuve berufen kann, findet sich im Vorwort der in der Bibliographie zitierten Ausgabe des *Adolphe* von Bornecque.

stellung ist zwar zutreffend, doch könnte sie falsche Erwartungen wecken, da sie dazu verleiten mag, das Buch in einen ihm fremden Zusammenhang zu rücken. Nicht Rousseau, nicht die großen Erzähler des 19. Jahrhunderts sind als Vergleich heranzuziehen. Bei Constant ist die Darstellung abstrakt; nicht die Situation, nicht das Erlebnis um seiner selbst willen wird geschildert, sondern die Reflexion über das Erlebte bestimmt den Erzählvorgang. Der erlebte Augenblick ist nie unmittelbar präsent; wohl aber gibt es das sensible Individuum, das im Augenblick des Handelns, im Erleben der Empfindung, neben sich selbst steht und nichts deutlicher fühlt als seine Unfähigkeit, zu empfinden oder vom Gefühl überwältigt zu handeln. Und auch dieses Erleben, nämlich die Erfahrung einer lähmenden Verstümmelung der Seele, wird nicht unmittelbar geschildert, sondern in rückblickender Reflexion dargestellt, aus der Distanz vieler Jahre. Trotz der Intimität des Gegenstandes ist, wie aus wiederholten warnenden Anreden an den Leser hervorgeht, die didaktische Absicht offenkundig. Der Ich-Erzähler schreibt einen in Kapitel – die Stadien seines Lebensweges – unterteilten Roman, der warnen soll, ist jedoch, in Übereinstimmung mit seinem schwachen, tendenziell nihilistischen Charakter nicht fähig, die Lektion zu publizieren. Der Zufall kommt zu Hilfe: er verliert das Manuskript, ein Herausgeber besorgt die Publikation, weniger weil er an die Lehre der Geschichte glaubt, sondern weil er die Wahrheit der Analyse schätzt. In seinem Skeptizismus unterscheidet er sich freilich nicht nur graduell von dem Erzähler: Sein moralisches Urteil ist streng, doch seine Einsicht in die Mechanismen der Tragik, die über dem Leben von Adolphe liegt, verhindert das gnadenlose Verdikt.

Aus dem Gesagten wird verständlich, warum der

Roman sich auf den Helden konzentriert, auf Adolphe, Ellénore hingegen nur als unselbständige und komplementäre Gestalt konzipiert ist. Die Schilderung ihrer Person hat trotz der wechselnden Situationen, trotz der minutiösen Beschreibung mancher Umstände, trotz der unübersehbaren Bemühung um detailreiche Variation quasi kein Relief. Sie ist vielmehr durchaus schematisch angelegt, wirkt artifiziell, fast monoton und ist gerade kein psychologisch wahrscheinlicher, sondern ein reduzierter Charakter. Man kann darin eine künstlerische Schwäche sehen, oder auch Kalkül, denn was den Charakter von Ellénore auszeichnet, ist Kohärenz. Sie verfügt über die Sensibilität, die Adolphe auch bei sich selbst feststellt und die beide als Auszeichnung empfinden; sie hat außerdem die Fähigkeit unmittelbaren Erlebens, die Adolphe nicht besitzt. Hieraus entsteht bei ihr, nach Jahren des Wartens und der Resignation, das Bedürfnis, in einer verabsolutierten Liebesbindung und nicht in der erdrückenden Konvention einer herzlosen Gesellschaft die Erfüllung ihres Lebens zu sehen, die grenzenlose Angst schließlich, den Geliebten zu verlieren, die ihrerseits zu der unerträglichen Tyrannei einer verletzlichen Seele führt. Auch die wenigen Angaben über Ellénores Herkunft, ihre Jugend, ihre Verbindung zu dem Grafen von P***, ihre Stellung in der Gesellschaft, ihr Handeln in bestimmten Situationen sind literarische Klischees. Constant sucht einen individualisierten Typus zu schildern, und wenn man dem Urteil seiner Zuhörerinnen glauben darf, so ist ihm das gelungen: es sind Szenen von dramatischer Identifikation mit Ellénore überliefert.

Adolphe also ist der traurige Held des Romans. Seine Geschichte ist aus der Perspektive des sich erinnernden Subjekts erzählt, das die Mechanismen seines tragischen Scheiterns zu erfassen und durch die rekapitulierende Darstellung auch zu verstehen sucht. Der Erzähler will dabei die seinerzeit vielleicht verborgen gebliebenen Bedingungen einer unglücklichen Entwicklung aufdecken, in der Unschuld und Schuld, Torheit und eine Veranlagung zum Leichtsinn, Blindheit und ein klares Bewußtsein des Versagens sich gegenseitig beeinflußten. Die psychologischen Voraussetzungen des Charakters werden – besonders eindrücklich im ersten Kapitel – immer wieder analysiert: eine durch Sensibilität ausgezeichnete Natur, ein wacher, aufnahmefähiger und zum Studium bereiter Geist, der eine glanzvolle, der gesellschaftlichen Stellung Adolphes entsprechende Karriere erwarten läßt, das gestörte Verhältnis zu einem ironisch-distanzierten Vater, das geschärfte Bewußtsein dafür, daß die Werte der gesellschaftlichen Konvention mit der Praxis nicht übereinstimmen, dies alles bringt einen schüchternen, zugleich äußerst verletzlichen Charakter hervor. Die gestörte Erlebnisfähigkeit und seelische Frustration schlägt in ironische Aggressivität um, das Bewußtsein der Distanz zu allem in Vereinsamung und Fremdheit innerhalb der turbulentesten Gesellschaft, und das ausbleibende Erlebnis zunächst der Zuwendung, dann der Liebe, in das Bewußtsein des entsprechenden Mangels. Was sich nur aus der wechselseitigen Faszination ergeben könnte, wird in Szene gesetzt, und erst an den Widerständen entzündet sich die Leidenschaft. Das Merkwürdige ist nun, daß aus dem künstlich erzeugten Gefühl zeitweilig ein echtes wird. Adolphe findet Worte für eine Sache, die er erträumt, und Ellénore glaubt diesen Worten. Der im dritten Kapitel zitierte Brief – eines der wenigen Stücke dieses Romans, die mit dem erzählten Ereignis gleichzeitig sind – formuliert für Ellénore eine Liebeskonzeption, die ihren

Träumen entspricht: das Selbstwertgefühl entsteht aus der autonomen und empfindsamen Individualität, unabhängig von der Gesellschaft; und das, was sie in den Jahren zuvor der Gesellschaft nur hatte abtrotzen können, ohne sicher zu sein, es zu behalten, nämlich Anerkennung und Achtung, das wird ihr hier in unübertrefflicher Weise durch die Liebe geschenkt. Das Glück, von Ellénore bedingungslos gesucht und von Adolphe nicht für möglich gehalten, wohl aber abstrakt begehrt, wird, weil beide Bedingungen aufeinandertreffen, augenblicksweise verwirklicht. Gleichwohl herrscht bei Adolphe das Bewußtsein der Gefährdung vor. Der lyrische Aufschwung des ersten Abschnitts des vierten Kapitels evoziert eigentlich nicht so sehr das Glück des gelebten Augenblicks als vielmehr das elegische Bewußtsein, das diesen Augenblick begleitet und den Genuß schon in Frage stellt, wenn er gewährt wird. – Die weiteren sechs Kapitel des Romans sind die Darstellung der langsamen und schmerzlichen Trennung. Denn aus der Hingabe wird bald eine unerträgliche Fessel. Die Lüge, die am Anfang stand, holt Adolphe wieder ein; Adolphe, der Gefangene seiner Sensibilität, fürchtet nichts so sehr wie den Schmerz, den er anderen zufügen müßte, und in diesem Punkte wenigstens von bedingungsloser Ernsthaftigkeit, häuft er Rücksicht auf Rücksicht, türmt er Lüge auf Lüge, verbirgt er die schmerzliche Wahrheit selbst dann noch, als nichts deren Entdeckung mehr verhindern kann. Sein Handeln ist zugleich unaufrichtig und von unbedingtem Engagement bestimmt, und als alle Finten nichts mehr nützen, als Ellénore die Wahrheit schonungslos erfährt und an dieser Entdeckung zugrunde geht, erhält Adolphe zwar die Freiheit zurück, die er immer suchte, aber es ist eine Freiheit ohne Liebe, so daß er der Todeskälte der Welt ausgeliefert ist, die ihn erbarmungsloser lähmt als die Fesseln der Liebe. Nicht einmal der Tod wird ihm gewährt. Man verliert einfach seine Spuren.

Eine solche Geschichte ist nicht von biographischem Interesse, obwohl sie unbestreitbar autobiographische Reminiszenzen enthält, wie bereits erwähnt wurde, und obwohl eine psychologische Verwandtschaft zwischen dem Autor und seinen Gestalten besteht. Es ist dies natürlich nur eine Übereinstimmung in den Grundstrukturen, die übrigens auch die den meisten Kommentatoren des *Adolphe* entgangene tiefe Ähnlichkeit zwischen Adolphe und Ellénore erklärt. Beide gehören zum Typus des »*abandonnien*«, bei dem das Bedürfnis nach Geborgenheit ebenso manifest ist wie die Furcht, den anderen zu verlassen, das Mißtrauen in seine Umgebung ebenso stark wie das Bedürfnis nach Vertrauen, das Mitleid mit dem Leid der anderen ebenso stark wie die Furcht, Leiden zu verursachen, die Erfahrung der Einsamkeit und des Todes ähnlich stark wie das Bedürfnis nach Ruhe, der Verlust der Mutter ähnlich stark empfunden wie die beständigen Mißverständnisse mit dem Vater, Melancholie näher liegt als Liebe. Aus diesem Spannungsverhältnis ergibt sich ein Verhalten, das nach außen widersprüchlich erscheint: der äußersten Verletzlichkeit steht eine äußerste Aggressivität gegenüber, der Wehrlosigkeit die beißende Ironie. Das Erstaunliche bei Constant ist die allein aus der Empirie gewonnene Deduktion des reinen Typus des »*abandonnien*« und dessen Darstellung in Adolphe sowie, mit den durch die Fiktion bedingten Varianten, in Ellénore.

Constant hat nun allerdings keine psychologische Problematik im Auge, sondern die psychologisch wahre Darstellung einer für seine Zeit typische Erscheinung: die eines seelenlosen, kalten Charakters, den die Zeitgenossen als den Repräsentanten des modernen Menschen auffaßten. Diese Tatsache, von den feindlichen Kritiken, die Constants Roman sofort zuteil wurden, vielleicht unterschwellig gefühlt, wird in voller Deutlichkeit von Puschkin ausgesprochen. In der Anzeige einer russischen Übersetzung des *Adolphe*, die eine ursprünglich für den Versroman *Eugen Onegin* vorgesehene Strophe verwendet, schreibt Puschkin 1830:

»Prince Vyazemski has translated and is soon to publish Benj. Constant's celebrated novel. Adolphe belongs to the number of

›two or three novels
in which the epoch is reflected
and modern man
rather correctly represented
with his immoral soul,
selfish and dry,
to dreaming measurelessly given,
with his embittered mind
boiling in empty action.‹

Constant was the first to bring out this character, which later the genius of Lord Byron popularized. We await the appearance of this book with impatience. It will be curious to see if the experienced and live pen of Prince Vyazemski is able to overcome the difficulties of Constant's metaphysical language, always harmonious, elegant, and often inspired. In this respect the translation should be an original creation and an important event in the history of our literature.«[4]

Das ist die künstlerische Leistung von Constant, die das Buch, daran dürfte kein Zweifel mehr bestehen, aus

[4] Zitiert nach Vladimir Nabokov (Hrsg.), A. Pushkin, Eugen Onegin. A Novel in Verse Translated from the Russian with a Commentary by V. Nabokov, 4 Bde, London 1963, Band 3, S. 102.

dem zufälligen Kontext einer vielleicht interessanten Biographie heraushebt und zu einem der großen Werke der Weltliteratur macht. Constant hat alles getan, das Buch von allzu Persönlichem zu entlasten. Erst die spät entdeckten privaten Dokumente erlauben, die umgestaltende Tätigkeit genauer zu beobachten. Entstanden ist ein Buch in spröder, fast kalter und abstrakter Sprache, eine erbarmungslos beobachtende und die verstecktesten Mechanismen des Gefühls, die geheimsten Winkel der Verlogenheit aufdeckende Analyse eines schwachen Charakters. Was abschließend noch hinzuzufügen wäre und was den Roman vielleicht düsterer, aber auch erträglicher macht, ist die Einsicht in die Tragik, deren notwendige Gesetze das Leben von Adolphe beherrschen, bevor er überhaupt verantwortlich handeln kann. Sie besteht darin, daß der Charakter eines Individuums sich durch die Umstände, in die er hineingeboren wird, bestimmt sieht: »Wenn der Mensch, schwach und blind, ohne Einsicht und Kenntnis, die ihn leiten, ohne Waffen, mit denen er sich wehren könnte, ohne sein Wissen und ohne seine Zustimmung in das Labyrinth geworfen wird, das man die Gesellschaft nennt, dann umgibt ihn diese Gesellschaft mit einem System von ihn bedingenden Umständen, von Gesetzen, Institutionen und öffentlichen und privaten Beziehungen. Dieses System zwingt ihm ein Joch auf, von dem er nichts weiß, das er nicht wollte und das auf ihm wie eine immer schon vorhandene Last liegt und gegen die er, wenn er sie allmählich verstehen lernt und als aufgebürdete Last fühlt, nur einen höchst ungleichen und äußerst gefährlichen Kampf aufnehmen kann.«[5] Diesen Kampf gegen die Institutionen der Gesellschaft kann das Individuum,

[5] Réflexions sur la tragédie. Œuvres, éd. A. Roulin, p. 910.

sofern es den Kompromiß verweigert und die Autonomie der sensiblen Individualität beansprucht, nur verlieren. Adolphe ist daran zugrunde gegangen, noch bevor seine empfindsame Humanität sich entfalten konnte. Darin besteht seine auch von Constant mehrfach betonte Schwäche. Diese Einsicht macht Adolphe nicht sympathischer; aber man stellt fest, daß sein Handeln immer zugleich schuldhaft und schuldlos ist, seine Schwäche immer auch sein Alibi, was zwar nichts von dem lähmenden Schrecken wegnimmt, der von der Gestalt ausgeht, aber trotzdem den Leser mit dem gescheiterten Individuum versöhnt.

ZUM TEXT DIESER AUSGABE

Von Constants *Adolphe* sind bis heute zwölf Übersetzungen in deutscher Sprache erschienen, die erste anonym bereits ein Jahr nach Erscheinen des Romans in [Buda-]Pest, die anderen, bis auf eine, die von einem Freund Heines stammt, alle nach 1898, in z. T. rascher Folge. Keine dieser späteren und manchmal auch gelungenen Übersetzungen hat jedoch den Vorzug, den Roman in einer sprachlichen Gestaltung zu bieten, die durch ihre Gleichzeitigkeit mit dem Original eine gewisse historische Authentizität beanspruchen kann. Eine neue Ausgabe der anonymen ersten Übersetzung bot sich an. Sie wurde anhand der von Paul Delbouille herausgegebenen kritischen Textausgabe (s. Bibliographische Hinweise) sorgfältig mit dem französischen Original verglichen und, wo nötig, überarbeitet. Einige in der ersten Ausgabe des *Adolphe* noch fehlende Passagen (die beiden Vorworte; ein längerer Passus gegen Ende des 8. Kapitels) und mehrere vergessene Sätze waren zu ergänzen, offensichtliche Versehen zu korrigieren und an manchen Stellen die deutsche Formulierung an den maßgeblichen kritischen Text anzugleichen. Stilistische Manierismen des Übersetzers waren zu beseitigen, außerdem wurde um einer leichteren Lesbarkeit willen die Orthographie und die Zeichensetzung, in einigen Fällen auch die Nominalflexion modernisiert, die französische Schreibung der Eigennamen wiederhergestellt. Im übrigen ist der Text von 1817 selbst dann unangetastet geblieben, wenn unser heutiges Stilempfinden eine andere Ausdrucksweise vorzöge.

Bildnachweis

Frontispiz: Bildnis des Dichters von Firmin Massot, Bleistift und Kreide. Wir danken der Sammlung des Château de Coppet für die freundliche Abdruckgenehmigung.
Der Kupferstich – einzige bekannte zeitgenössische Illustration zu *Adolphe* – entstammt der deutschen Erstausgabe, (Buda-)Pest 1817.

BIBLIOGRAPHISCHE HINWEISE

Textausgaben

Benjamin Constant: *Adolphe.* Anecdote trouvée dans les papiers d'un inconnu. Texte établi avec une Introduction, une Bibliographie, des Notices, des Notes et les Variantes des deux manuscrits et des premières éditions par Paul Delbouille, Paris 1977. ⟨Maßgebliche kritische Ausgabe.⟩

Benjamin Constant: *Adolphe.* Anecdote trouvée dans les papiers d'un inconnu. – Extraits de la correspondance de Benjamin Constant avec Anna Lindsay. Lettre sur Julie. De Madame de Staël et de ses ouvrages. Texte établi, avec introduction, bibliographie, relevé de variantes et notes par Jacques-Henry Bornecque, Paris 1968. ⟨Wichtige Leseausgabe, weitere Texte von Constant.⟩

Benjamin Constant: *Œuvres.* Texte présenté et annoté par Alfred Roulin (Bibliothèque de la Pléiade), Paris 1964.

Benjamin Constant: *Adolphe. Cécile.* Zwei Romane, übers. v. Max Hölzer und Hanno Helbling. Frankfurt a. M. 1963.

Benjamin Constant: *Werke* in vier Bänden, hrg. von Axel Blaeschke und Lothar Gall, übers. von Eva Rechel-Mertens, Berlin 1970–72.

Sekundärliteratur in Auswahl

Han Verhoeff: *»Adolphe« et Constant.* Un étude psychocritique, Paris 1968. ⟨Anregende Studie über das

Verhältnis von Autor und seinen Gestalten aus psychoanalytischer Sicht.⟩

Paul Delbouille: *Genèse, structure et destin d'Adolphe*, Paris 1971. ⟨Umfassende Synthese der Forschung, nahezu lückenlos.⟩

John Cruickshank: *Benjamin Constant*, New York 1974. ⟨Gut informierte Gesamtdarstellung von B. Constant.⟩

Renate Baader: »Benjamin Constant.« In: *Französische Literatur des 19. Jahrhunderts*. I. Romantik und Realismus, Stuttgart 1979, S. 171–188. ⟨Knappe, aber informative Einführung mit Interpretation des *Adolphe*.⟩

INHALT